U0528801

雀儿山高度

——其美多吉的故事

陈 霁 著

人民文学出版社

图书在版编目（CIP）数据

雀儿山高度：其美多吉的故事/陈霁著. —北京：人民文学出版社，2019
ISBN 978-7-02-015497-5

I.①雀… II.①陈… III.①纪实文学—中国—当代 IV.①I25

中国版本图书馆 CIP 数据核字（2019）第 157775 号

策划编辑　脚　印
责任编辑　王　蔚
装帧设计　黄云香
责任印制　任　祎

出版发行　人民文学出版社
社　　址　北京市朝内大街 166 号
邮政编码　100705
网　　址　http://www.rw-cn.com

印　　刷　三河市中晟雅豪印务有限公司
经　　销　全国新华书店等

字　　数　150 千字
开　　本　710 毫米×1000 毫米　1/16
印　　张　18.75　插页 1
印　　数　1—30000
版　　次　2019 年 9 月北京第 1 版
印　　次　2019 年 9 月第 1 次印刷

书　　号　978-7-02-015497-5
定　　价　52.00 元

如有印装质量问题,请与本社图书销售中心调换。电话:010-65233595

邮路

（2018年1月　周兵 摄）

雪域

(2018年1月 周兵 摄)

其美多吉的英雄情结、他的利他主义，他的悲悯情怀，他的坚韧不拔，其实就来自这片土地，就像这里长出的植物一样真实，自然而然。

/// 目 录

引子：故事从马尼干戈开始　// 1

第一章　英雄故地
1. 嘉察城堡或者柳树河谷　// 3
2. 枣红马归来　// 8
3. 活在家里的英雄史诗　// 14
4. 汽车来了　// 20

第二章　乡村少年的德格之旅
1. 绛红色的小城　// 27
2. 藏医院　// 32
3. 未来的歌星在街头晃荡　// 38
4. 印经院小工　// 46

第三章　世界上最美丽的小河
1. 乡政府新来的炊事员　// 53
2. 巨款不翼而飞　// 56
3. 美女泽仁曲西　// 62

4. 飘着花香的小院 // 66

第四章　梦想邮车
1. 无师自通的司机 // 75
2. 第一辆邮车 // 81
3. 第二辆邮车 // 87

第五章　爱恨雀儿山
1. 海拔高度和精神高度 // 95
2. 后视镜里那个窈窕的身影 // 100
3. 五道班 // 105
4. 兵车行 // 111
5. 风搅雪　除夕夜 // 117

第六章　亲爱的儿子
1. 大儿子伴黎明出生 // 129
2. 小儿子乘月光而来 // 131
3. 大儿子　小儿子 // 133

4. 噩耗袭来 // 139

5. 悲伤的解药在哪里 // 144

第七章　大山屹立

1. 疯狂的砍刀 // 149

2. 目睹英雄山一样倒下 // 154

3. 生死时速 // 158

4. 以爱疗伤 // 164

5. 宽恕与复仇 // 171

6. 破坏性康复疗法 // 177

第八章　牵挂被邮车拉长

1. 阿爸阿妈 // 185

2. 长兄如父 // 192

3. 儿子、儿媳和孙子 // 198

4. 爱的光亮 // 207

第九章　邮车队的兄弟们

　　1. 西装革履的那个人走了　// 215

　　2. 雀儿山雪夜　// 221

　　3. 山顶的玛尼堆　// 225

　　4. 第二个"老婆"　// 233

　　5. 因为其哥　// 238

第十章　北京时间

　　1. 乘着歌声的翅膀　// 245

　　2. 灿烂的朝霞升起在金色的北京　// 251

　　3. 北京发布　// 255

　　4. 其美多吉感动中国　// 259

尾　声　// 264

后　记　// 267

引子：故事从马尼干戈开始

生活中总是充满了戏剧性，尤其是在风光迷人但路途艰险的川藏线上。

那是2007年夏天某日，四川大学女生吴光于，作为驴友坐班车从甘孜到德格。中午，车到雀儿山下的马尼干戈，她一时兴起，临时决定下车。

藏地行走的驴友，没有不知道马尼干戈的。地名当然是藏语，意思是玛尼石堆积的地方——光是名字，就闪耀着异域的光芒。这里自古以来就是重要驿站、交通枢纽，故事很多，令人遐想。旅游攻略说，马尼干戈有"西部牛仔城"之称，街上来往的都是头系红绳、身佩藏刀的康巴汉子，他们骑着高头大马来到镇上，将马拴在专门的木柱上，在矮小的藏式木屋采购、喝酒、唱歌，一阵风似的来了，又一阵风似的消失了，就像那些西部电影的情节。

这些文字特别煽情，令人神往。

她曾不止一次路过马尼干戈，每次都因为赶路而忍痛割爱。但就是那车窗上的匆匆一瞥，把她的胃口越吊越高。这次，她不想再次错过。

大约缘分未到，或者是因为旅途疲劳，感觉器官还没有充分打开，没能唤醒美感，总之她在马尼干戈没有体验到想象中的那种美妙。正值旅游旺季，她也没有找到可以留宿的客栈。一条主街，两段岔巷，半小时就一览无余。别无选择，她必须按原计划去德格县城。

然而，就像太阳不再从东边升起一样意外，她在小车站的路边望眼欲穿地站了将近两个小时，也没有等来据说下午两点左右必然经过的那趟班车。

有人曾说，旅行中最有价值的部分就是恐惧。是的，人在旅途，身处陌生之境，就会变得格外敏感和警觉，从而得到许多平时得不到的认知。但是，一旦有事，焦虑、不安也会被成倍放大，就像现在的她。走投无路，心情比背上的登山包不知要沉重多少倍。

邮车就是在这时被发现的。它停在百米开外的路边，那一抹邮政绿，在阳光下非常抢眼。

在藏区，尤其是康巴高原，邮车是驴友间口口相传的一个秘籍——只要见到邮车，你就可能得到帮助，走出困境。

"我今天有那个运气吗？"她心里打着鼓，向邮车走去。

司机正趴在底盘下检修车子。听见吴光于说话，他才从阴影里转过头来。面目模糊，但目光炯炯。尤其是那一脸络腮胡子，让她心头一凛。虽然她问清了，他马上去德格，并且已经爽快地答应了她搭车的请求，但她依然心怀忐忑。当他从地上站起来，提桶打水，一米八几的大个，走在路上，

其美多吉　（周兵　摄）

就像一座铁塔在大地上移动。风更大了，他一头浓密的长发在脑后束成的"马尾巴"在风中摇晃，这让他显得更加剽悍，也更加让她感到一种威慑。直到坐进驾驶室，车子正常行驶起来，一番对话之后，她一颗砰砰乱跳的心才慢慢安静下来。

一路上，他给她讲雀儿山，讲邮路上的故事。他说话不紧不慢，声音浑厚，中气十足，胸中像是装了低音炮。见她瘦弱，怕她有高原反应，上车不久就一再问她有没有什么不适，需不需要输氧，是不是来一点肌苷或者红景天。他说，这些东西，他车上随时都有。

到雀儿山垭口，他把车停在路边。这时，夕阳西沉，大风呼啸，漫山遍野的五彩经幡在风中哗哗狂舞，与满天霞彩交相辉映。他从车里取出一沓印着神秘符咒的彩纸。她知道这是龙达，也就是风马旗。他扬起头，凝视远方的雪山，口中用藏语喃喃低语，最后还大吼了一声什么，随后扬手将龙达扔向了天空。彩色的纸片像是一些长了翅膀的精灵，扑腾着，翩翩而飞，瞬间在风中消失得无影无踪。

"你是在敬佛，还是敬神山？"她有些好奇。

"都算吧。我们开车的，最重要的是安全。不过，我们也祭拜从这里走了的那些兄弟。"

"每次路过，都会撒龙达吗？"

"是的。"

她立刻感觉到，他心里正翻江倒海，涌起悲怆的故事。不过，看他表情凝重，她不好再多问。

夕阳斜射，让他脸上轮廓更加分明，线条格外刚劲。这时，她才发现他好帅啊，那是极其阳光、潇洒、刚毅和硬朗的那种帅。尤其是他脑后的"马尾巴"，给他增添了几分豪放和不羁，很有艺术范儿，酷肖那个叫亚东的藏族歌手。

那一刻，她牢牢记住了这个形象。

十年后，已经是新华社四川分社融媒采访室主任的吴光于，因为带队采访"雪线邮路"再上康巴高原。下了车，当她走进甘孜县邮政公司大院时，她的心突然咚咚地跳了起来——邮车旁那个高大魁梧的康巴汉子好面熟啊，他不就是当年载她去德格的邮车师傅吗？

太出乎预料——他居然就是其美多吉！

戏剧性的重逢，让她有机会再坐他的邮车，重走当年邮路，重上雀儿山。

驾驶室里，吴光于讲起当年那次难忘的旅行——

到德格后，她继续乘班车前往昌都。但是，她离开德格，到江达就遇到前方塌方路断。这次，她陷入了更大的困境——现金花光了，但是在江达这个小城里却没有取款机。弹尽粮绝之际，偶然遇到一个做药材生意的年轻人马霄，主动伸出援手，安排她在他的虫草仓库住下，吃住全部免费，五天之后通车了，连去昌都的车票都是他出钱买的。那一路感觉真好啊，到处是侠肝义胆的人，不经意就会遇到活着的"雷锋"。可惜，几年前她突然和马霄失联，连他的手机号码都成为空号。

"相识得偶然，消失得神秘。好人马霄，他是从人间蒸发了吗？"吴光于很纳闷。

听她一说，其美多吉一愣，沉默了片刻才告诉她，马霄也是他的朋友，很豪爽，很爱帮助别人，在这一带口碑非常好。不幸，几年前的秋天，他出车祸了。一个晚上，马霄用越野车拉着收购的虫草回江达，车子在雀儿山最危险的路段"鬼招手"坠下悬崖。出事后，他和朋友们迅速赶过来救援，但是谁也无力回天。他们只能将遗体背上来，尽可能捡回散落的虫草。而汽车的残骸，至今还留在下面的深渊。说到这里，其美多吉已经哽咽。

川藏线是世界上海拔最高、路况最险的公路。尤其是全程三十二公里的雀儿山路段，人称"鬼门关"。那是一段急弯陡坡、没有护栏、很多地方只能单行的碎石路。山顶终年积雪，春天雪崩，夏秋泥石流，大部分时间都有冰雪，春夏之交还有令人恐怖的"风搅雪"。过往司机无不提心吊胆，步步惊心，将其称为"川藏第一高""川藏第一险"。尤其是大山的德格一侧，公路几乎是从绝壁里面掏出来的。很多时候，车辆的每一次加速、换挡、转向和制动，都如同在死神的刀锋上舞蹈，稍不留神就会坠下百丈悬崖。胆子稍小的人，即使坐在副驾位置上也会紧张得周身冒汗。马霄出车祸的那个晚上，山顶有雪，路有凌霜，肯定还有薄冰。他出事的具体细节，我们永远无从知道，但肯定都与道路本身的危险指数有关。

路过雀儿山垭口，其美多吉依然撒了龙达。

这龙达是为马霄而撒，却也不仅是为了马霄。

川藏公路至今还是西藏与祖国内地联系的主动脉邮路。

其美多吉的邮车行驶在蜿蜒的山路上 （周兵 摄）

其美多吉运送的邮件，大部分是经德格中转的西藏邮件。他专门跑甘孜—德格邮路，几乎天天都要翻越雀儿山。也就是说，蹚冰山、破雪障、闯"鬼门关"、挑战"鬼招手"，是他日复一日的家常便饭。三十年邮车生涯，他近七千次往返于甘孜与德格之间，已经行驶了一百五十万公里，等于环绕赤道至少三十七圈。并且，他的邮车从未出过安全事故，雀儿山也对他毫发无伤。

这已经是奇迹了。

而行驶途中，他曾经上百次救人，在冰天雪地里做过的帮助他人修车、换胎、上防滑链、把车开出危险路段等好事不计其数。雪线邮路上，只要堵车，只要在现场，他还是"义务交警"，充分利用他的行车经验和"江湖"影响，和他的邮车兄弟们在冰雪中徒步往返，协调疏通车辆，让交通尽快恢复。路通了，他的邮车总是作为头车，开在最前面，为其他车辆蹚路、示范和壮胆。

许多人都记得其美多吉的一个经典形象：零下三四十度的风雪中，湿透的半截裤子冻得梆硬，标志性的络腮胡子和脑后的"马尾巴"都结了冰，他还在雪地上艰难地行走。走一段，就要敲掉靴子上的冰碴儿，边走还边微笑着和人交流沟通。

似乎，其美多吉就是专为雪线邮路、为在雀儿山冰雪中给他人解困而存在的人。

一个平凡而伟大的邮车司机，一个岗位普通却有着惊心动魄故事的当代英雄！

随着采访的深入，精彩、感人的其美多吉的世界，在吴光于等记者们落下热泪的采访本上，徐徐展开。

第一章：英雄故地

(周兵 摄)

1. 嘉察城堡或者柳树河谷

四川省甘孜藏族州德格县,这是藏族史诗英雄格萨尔的故乡。

其美多吉1963年出生在德格小镇马尼干戈,祖祖辈辈都是德格人。也就是说,他是格萨尔王的一个小老乡。

出德格县城,沿川藏公路南行大约十余公里,就是其美多吉的老家——龚垭乡龚垭村。从幼年到参加工作前,他和母亲以及弟弟妹妹都生活在这里。

这里离城不远,虽然海拔也不低,但也许是靠近金沙江的缘故,气候温润,以农耕为主。龚垭自古就藏汉杂居,因此农耕技术比较先进,是德格粮仓。这里还是德格菜篮子,县域里其他地方没有的辣椒、黄瓜和茄子,这里都有出产。一条色曲河穿过德格县城,一路过来,在河谷里蜿蜒北去,在前面的不远处注入金沙江。色曲河两岸多柳,农历三月,德格城里还是天寒地冻,龚垭的柳树已经舞动着新绿了。春夏之交,这里野花遍地,密密匝匝的姹紫嫣红,让人不忍下脚。传统的红色棚空藏房掩映在苹果和垂柳林中,河边水声隐约,偶尔几声鸡鸣狗吠,几声马嘶牛哞,使这里宛若世外桃源。

宁静的龚垭，在藏区的历史深处，曾经处于舞台的中央。这里曾经是藏族史诗英雄格萨尔王治下的岭国的核心区域。岭国所辖地区分上岭国、中岭国、下岭国三部分。龚垭，即为当时中岭国的政治、经济和文化的中心。

康巴高原的崇山峻岭之中，龚垭这样的地方，算得上是膏腴之地了。因此，当年的格萨尔王论功行赏，把这块宝地给了他同父异母的哥哥——战神嘉察协葛。嘉察时代，岭国多次征伐南方魔国，嘉察的大军也都是从这里开拔的。

格萨尔半人半神，其故事扑朔迷离，但是嘉察的遗迹还在。我去龚垭那天，满天飞雪，天地一片苍茫。出乡政府，经过龚垭寺，几堵摇摇欲坠的夯土城墙，从山腰一直散布到绵延起伏的山巅。这就是嘉察城堡的遗址了。其美多吉打小就从阿爸那里知道，嘉察城堡的主体是一座九层建筑，墙基据说还填充了铁汁和半融的铁矿石，坚不可摧。城堡的东西南北四个方向上各有碉楼，用高大的城墙连为一体，每座碉楼都有水源相通。坚固，宏伟，易守难攻，是一千年前藏式建筑的奇观。现在城堡虽然没有了，但只需将这些遗址的点、线、面相连，就可以由此及彼地展开想象，从而知道城堡的格局之巨大，规模之庞宏。

龚垭，本是藏语，读作迥雅，意为铜墙铁壁。显然，这与嘉察城堡直接相关。

但是，我也听到另外一个解释：迥雅，也是柳树之意。

英雄嘉察，龚垭的人文地标；柳树河谷，让龚垭在地理上独领风骚。龚垭，无论语义指向哪里，它都是一方大放异彩的

其美多吉的工作照 （周兵 摄）

土地。

龚垭村是行政村，也是自然村。全村现有69户人家，227个村民。现在的村支书次乃雄秋，是其美多吉的四弟，他在八个兄弟姊妹中排行老六。雄秋自豪地说，龚垭村是整个甘孜州第一个家家户户挂国旗的村子，《四川日报》曾经发过《金沙江畔红旗飘》的长篇报道。全村从来没有刑事犯罪，没有暴力冲突，甚至没有小偷小摸。如果不是因为要防备狼和老熊等猛兽，完全可以夜不闭户。全体村民互敬互助，不管谁家有事，全村都会闻风而动，尽心尽力帮忙而不计回报。每当过年，从初二到元宵，家家户户都排着队轮流宴请乡亲——这是古风，不知道已经传承了多少代人。

而今，龚垭的乡亲们从电视和网络上都知道了其美多吉在邮路上的英雄事迹。但是，他们更了解他在龚垭的故事。

看着他长大的长辈们知道，其美拉姆家的老大从小就是懂事的孩子。其美拉姆本人劳碌多病，丈夫呷多老师在外地工作，大儿子其美多吉就成为她最得力的帮手。其美多吉七八岁时就开始跑德格，跑马尼干戈，求医、买药、送信、采购。他五六岁就开始上山放牛，放牛时还总是背着弟弟或者妹妹。一个一个，他们都是在哥哥的背上长大的。在弟弟妹妹面前，他总像一个小大人，一个小老师，对他们管理比阿妈还严，还细。他更多的是以自己的言行示范，让七个弟弟妹妹从小品行端正，健康成长，以致后来都顺利地成家立业，生活幸福。上世纪八十年代，其美多吉有了自己的货车以后，只要在龚垭，都热心地为乡亲们捎东西，让他们搭车，他的车几乎成为村民的公车。

十四岁那年冬天，阿妈又病了。那天，读初一的多吉作为家庭的代表参加了村民大会。集体分配牛肉和酥油，就数他家分得最少。并且他还知道了自己家因为人多而没有劳动力，年终欠了集体一大笔钱，成为村里最大的"超支户"。

那晚，他是一路哭着回家的。他哭，是因为以欠债为耻；他哭，是感到阿妈一个人拉扯他们兄妹多人，太苦，太难。

他退学了。这是一个别无选择的事情。他品学兼优，积极上进，此时停学，无论对父母还是他本人，都是一个痛苦甚至是残酷的决定。

从学校回到村里，多吉第二天就下地干活了。他从一个挣6个工分（全劳力挣12分）的半劳力开始，第二年就成为挣满分的全劳力了。同时，他也从一个青涩少年成长为人高马大的小伙子，春种秋收，除草施肥，无所不能。

有一天，生产队长葛松益西以二牛抬杠方式耕地，累了，停下来休息。从来没摸过犁把的多吉走过去，接过犁把就赶牛耕地，呼啦呼啦，居然像老把式一样驾驭自如。乡亲们都说，这个小伙子好聪明啊，将来一定了不得！

现在，龚垭的乡亲们都以其美多吉为骄傲。他们说起多吉，就像老一辈人在说格萨尔，说嘉察。

"我们家族的祖先是格萨尔麾下的英雄丹玛，"雄秋笑着说，"大哥身上有英雄的基因啊。"

2. 枣红马归来

呷多老师只在假期回到龚垭的家里。他回来，总是骑着一匹枣红马。

所以，孩子们盼阿爸回家，也盼枣红马归来。

呷多的老家在马尼干戈以北的窝公草原，小时候当过喇嘛，学了藏文。后来又在甘孜、康定上过民族干部学校，以教书为业。在龚垭教书时，他与本地的美女其美拉姆相爱结婚，生儿育女。虽以龚垭为家，但呷多却调动频繁。因为他藏汉兼修，能力强、学问好，许多地方都需要他。龚垭之外，八邦、麦宿、马尼干戈和德格的城关小学，他都工作过。最远的地方，他回一趟家，骑马也要五天。

呷多骑马回家是一家人最大的喜事。马蹄声响，首先是孩子们奔了出去，扑向阿爸，扑向枣红马。具体地说，他们是扑向驮在马背上那两只鼓鼓的裹达——牛皮口袋。他们在裹达里面一边翻拣，一边尖叫欢呼。裹达里通常装的是从牧区买的牛肉和酥油，有时也有大米。但每次还有别的惊喜，比如花生酥、萨其马和水果糖，或者连环画、文具。甚至，他还驮回过缝纫机。最令孩子们兴奋的是，有一次他捎回了五双胶鞋，大大小小，每个孩子都找到了自己的那一双。

他总是省吃俭用,尽量让老婆孩子生活得好一些。

多吉十一岁那年,阿爸回来时的马蹄声特别细碎。当他飞跑出去时,阿爸并没有像平时那样潇洒地翻身下马,而是扶着马背,小心翼翼地溜下来,生怕触碰了什么。大家的注意力依然在裹达上,依然在里面翻拣。

他撇下孩子们,转身,笑着对刚刚从屋里出来的其美拉姆喊了一声:"你看,这是谁?"

"什么呀?"拉姆愣了,狐疑地看着丈夫胸前鼓鼓囊囊的大包。

走到妻子面前,呷多才解开袍子,里面露出的,是一个小女孩红扑扑的脸!她似乎刚刚醒来,蒙眬睡眼睁开,一对黑眼珠滴溜溜地转动,紧张地望着陌生的环境和几张陌生的面孔。

事发突然,其美拉姆惊愕不已。

孩子们闻讯,也瞪大了眼睛。

这时,呷多才说:"她是牛麦翁姆,他们姑姑的女儿呀。"

原来,呷多的妹妹病故了。妹妹的病也拖垮了一个家庭。妹夫无力抚养女儿,呷多见孩子可怜,不顾自己已经有了四个孩子,还是下决心将她收养。

其美拉姆一听,立刻将孩子抱了过去,在脸上亲了又亲。

其美多吉和弟弟泽仁多吉、嘎翁牛麦以及小妹多杰志玛,也一齐围拢去,摸摸脸,扯扯衣角,逗弄这个新的家庭成员。

邮车是路途中的一道靓丽风景 （周兵 摄）

这是枣红马给他们驮回来的最大的一件礼物。

卸下裹达之后，阿爸都要亲自去遛一会儿马。每当这时，总是阿爸居中，老大其美多吉在前面抓着马鬃、老二泽仁多吉在后面抱住阿爸，枣红马载着父子三人，踢踢踏踏，迈着欢快的碎步走向它早就熟悉的色曲河边。

这一个细节，是兄弟俩最美好的童年记忆。

回到家里，呷多立刻里里外外地忙活起来。

这时的呷多几乎无所不能：修理家具、门窗时，他是木匠；缝补衣服、做新棉鞋、棉袄时，他是裁缝；垒砌院墙时，他是泥水匠和石匠；给卷缺的刀、斧、锄、镰重新打出锋刃并且淬火时，他又是铁匠。他甚至还会铜焊，修补铜壶、铜锅。当然，他也下地。萝卜、白菜、洋芋和辣椒，什么都种；除草、施肥、浇水，啥活都干。他表现得比农民还像农民。

他还要打柴。在色曲河对岸的山上，他将倒毙的朽木、树上的枯枝搜集拢来，打捆，然后顺坡推到河边，再用架子车拉回家。干柴在房前屋后码得整整齐齐，几乎堆至屋檐，足够一家人烧上半年。这样，即使远在几百里外，即使在滴水成冰的季节，他也非常放心，可以感觉到家里的温暖。

大包大揽的阿爸，似乎要把自己不在家的日子，用一个假期全部补偿回来。

那是一家人最幸福、最快乐的时候。

对其美多吉来说，他的幸福和快乐，因为阿爸，也因为枣红马。

枣红马来自阿爸草原上的老家。它正当壮年，身材匀称，四肢修长，骨骼强健，毛色像丝绸一样光滑发亮。周身的枣红，一对前蹄洁白如雪，更显出马的骏美和珍贵。更重要的是，它还很通人性。主人坐上马鞍，只需将缰绳轻轻一抖，它就迈开了碎步，行走得又快又稳，就像是在参加马术比赛，伴随着音乐表演"盛装舞步"。呷多的回家之路非常漫长，也非常寂寞。这时，他常常会呷上一口小酒。一口，再一口，不知不觉已经微醺，甚至睡去。人在马背上左摇右晃，枣红马总是以相应的步幅和节奏来与主人协调一致，让他绝对没有颠下马背的危险。呷多很长时间工作在马尼干戈，雀儿山是必经之地。山腰是牧场，背风处有牧人搭建的树皮小屋，冬天他可以住在里面，夏天就干脆露营。不管什么季节，火是离不了的。捡来枯树枯枝，点燃篝火，将藏袍一提，头就缩在袍子里了。人靠在马身上，向火而眠，依然可以酣睡。荒野里可能有野兽，比如狼和野狗。但是，这马能够提前嗅到逼近的危险，及时预警。它用嘴蹭蹭，主人就惊醒过来，有足够的时间做好应对的准备。

显然，这是一匹罕见的聪明的骏马。阿爸对它极其呵护，亲自为它修剪马鬃，别出心裁地将马尾编织成许多小辫，再编织成扁平的扇面。它身上的鞍具也极其讲究，笼头上的细绳是牛毛编织的，有黑白交织的花饰；马鞍上镶饰着黄铜和白铜；马鞍下的坐毯是纯羊毛的，有华丽的图案。经过"美容"的枣红马，显得更加不同寻常，主人骑着它上路，自豪得就像现在的兰博基尼或者劳斯莱斯车主。

阿爸在忙活，马就属于其美多吉了。家里已经有四头牛，其中包括两头奶牛。课余或假日里，放牛的活总是由多吉包揽。现在，再加上一匹马，这活就愉快得无以复加。他带着二弟泽仁多吉，除了睡觉，哥俩整天都和马黏在一起。

几乎所有的男孩子都喜欢马。藏族对马的感情更深，男孩子在基因里就带有战士的特质，他们渴望通过战斗来证明自己，获得男子汉的荣耀。而驾驭一匹枣红马，或者说骑着一匹枣红马冲锋陷阵，那是男孩们共同的梦想。

现在，当许多孩子只能骑着一个凳子甚至一根棍子在院坝里玩耍的时候，其美多吉已经骑着真正的枣红马驰骋了。

他纵马奔驰在色曲河边，奔驰在嘉察城堡下面，奔驰在318国道上。马背上，他的想象被枣红马激活了。那时候，他是一个战士，骑着他的枣红马，紧跟着一个金盔金甲也骑枣红马的英雄，在岭国或者霍尔的草原上风一样刮过。

那个英雄，名叫格萨尔。

3. 活在家里的英雄史诗

现在,该说说格萨尔王了。

藏族英雄史诗《格萨尔王传》,是世界上最长的、也是唯一活着的史诗。也就是说,它至今还在流传,甚至还在演变和发展。它活在藏地的角角落落,当然也活在其美多吉的家里。

呷多老师自己就是一个《格萨尔王传》忠实的读者和听众,甚至可以说是一个研究《格萨尔王传》的专家,他家就曾经收藏着数十种不同版本的《格萨尔王传》。调皮捣蛋的二弟泽仁多吉,他最喜欢玩纸飞机,玩得出神入化,随便一折,什么样子的飞机都飞得又高又远。他"制造"的飞机,无一例外地都裁取于阿爸那些视为宝贝的《格萨尔王传》。他把一个又一个精彩的故事片段送上天空,又最终零落成泥。

孩子渐大。博学的呷多,只要在家,都会给孩子们讲格萨尔王的故事。

龚垭富饶,阿爸顾家,阿妈又特别善于操持家务,加上养了两头奶牛,多吉一家的日子还是不错的。阿爸在家时,生活当然要更好些。一日三餐,蔬菜是有的,糌粑、馒头是有的,奶茶也是有的。尤其是晚饭,通常吃面块,除了蔬菜,还有牛肉。

加了牛肉粒的面块让他们一家子吃得周身热络，其乐融融。一个精彩的夜晚，就从这个时候开始了。灶膛里的火炭还在，全部用火钳夹在火盆里，屋子里就更温暖了。茶早已煮在铜壶里，阿爸亲自倒茶，人无论大小，通通有份。茶摆在大家面前，茶壶重新放在火盆边上，这时，关于格萨尔故事的家庭讲堂就开场了。

呷多不是专门吃说唱饭的仲肯——神授艺人，故事不可能张嘴就来。他讲格萨尔王，手里是要拿着一本书的。孩子们很兴奋，悄悄地叽叽喳喳。他的目光从孩子们脸上扫过，大家立刻都收敛了，安静得屋里只剩下炭火噼噼啪啪的轻响。

> 鲁阿拉拉穆阿拉！
> 鲁阿拉拉穆阿拉！
> 雪山之上的雄狮王，
> 绿鬃盛时要显示；
> 森林中的出山虎，
> 漂亮的斑纹要显示；
> 大海深处的金眼鱼，
> 六鳍丰满要显示；
> 潜于人间的神降子，
> 机缘已到要显示！

阿爸声音洪亮，唱得音韵婉转又节奏铿锵。唱完开场的引子，就正式进入格萨尔的故事了。他讲故事也是有说有唱。他唱的调子像山歌，像民谣，听起来很舒服。故事也是精彩的，但是情节复杂，人物众多，相互关系纠缠不清，没多久就让孩子们云里雾里。在座的小听众们，是上小学的多吉、泽仁和翁姆、卓玛和才会说话的当秋。听不懂，就要插嘴，甚至哭闹。这时，阿爸就要停下来解释一番，再继续上路。讲着讲着，就有人睡着了，阿妈抱走一个，一会儿又有人睡着了，再抱走一个。最后，老大多吉也睡着了。他被抱到床上，进入梦乡，却仍然待在故事里面。因此，他的脑袋里存储了很多格萨尔的故事，但都支离破碎，不知来自梦境还是阿爸。

在一个假期里，家里来了一个年轻的陌生人。那个晚上，讲故事的就不是阿爸而是那个年轻的客人了。原来，他是一个真正的仲肯，名叫阿尼。

阿尼明显比阿爸讲得好。他身上没有书，但是所有关于格萨尔的书好像都塞进了他的肚子，格萨尔的千军万马，众多的天神、菩萨和魔鬼，都在他的嘴巴里来去如风。闻讯而来听说唱的乡亲们挤了满满一屋。他几乎讲了一个通宵。

阿尼是呷多的忘年交，也可以说是呷多的学生。阿尼因为求教而来龚垭。因此，多吉很快就知道了阿尼的故事。

故事发生在阿尼十五岁那年。当时，他身体都还没有长开，一字不识，在科洛洞草原上放牧。那是春天，阳光灿烂的中午，一个叫多尧的牧场。他们三个牧童，牧放着四五百只牦牛，一千余只羊，几十匹马。正如多尧这个藏语地名的语义所

其美多吉的邮车在雪山之间穿行 （周兵 摄）

示,那是一个左边好似卧虎、右边状如伏牛的地方。洼地开阔,绿草如茵,密密地开着黄色的迎春花和蓝色的"美纳西"。小溪流水潺潺,带着零碎的浮冰,蛇一样游走。三个小伙伴就着溪水吃了糌粑,牛犊子一样疯了一阵,困了,在草地上倒头就睡。这时,有七个人骑马而来。为首的人银盔银甲,佩银剑,挂银弓,骑白马,气质高贵,形象俊美。阿尼不认识这个人,但没来由地,心中就生发出一个坚定的信念——这个人就是格萨尔,于是不由自主地就跪了下去。

"我是拉珠·麦钦维嘎（天神之子,普度众生的光明使者）,从今以后,你务必要做好三件事:第一,保护好你的身体;第二,保护好你的嗓子;第三,要将我的故事一直唱下去。"

说完,格萨尔悄然隐退,阿尼也从梦中醒来。人还在恍惚之中，他已经明白，今生今世，自己必须扛着那个古老的故事游走四方了。

果然，格萨尔一次又一次地来到他的梦中，把一个又一个的故事，就像往裹达里装洋芋一样塞进他的肚子。梦的情节前后连贯，清晰具体，引人入胜，让他有说唱的冲动。他不断做梦，不断体悟，尝试着说唱。梦一次，长进一次，直至可以口若悬河，在任何场合挥洒自如地唱格萨尔王的故事。

阿尼浪迹康巴高原，但他再也没有来过龚垭。

阿爸也不是天天可以在家给孩子们讲故事。

但是，多吉对格萨尔故事已经难舍难分。特别是辍学以后，农村基本没有文化生活，他也没有钱去买心爱的图画书，就特别怀念阿爸在家讲故事的日子。后来，他终于发现了一个替代者，他就是生产队长葛松益西。队长也不是仲肯，他最多算一个票友，模仿和复述从仲肯那里听来的片段，甚至是碎片。他讲故事都是在干活累了中途休息的时候。那时，大家都给他让座，平时一人一口轮着抽的"雅诺"烟，也临时改为专属，让他一个人先抽个够。

雅诺野生，草本。将叶子晒干，研末，调和酥油，填进烟锅就可以抽了。有时候还可以加上叶子烟，味道更加特别。

多吉本不抽烟，但心有企图，也忙不迭地帮着装烟锅，恭恭敬敬递给队长，期待他大开金口。

多吉在格萨尔故事的说唱中渐渐长大。1981年，他十八岁，顶阿爸的班参加了工作。这时，七个弟弟妹妹最盼望归家的不再是阿爸,而是大哥了。枣红马已经进入晚年,被送回了窝公草原。骑自行车回家的多吉依然带着裹达。每次,弟弟妹妹们总是能够在大哥的裹达里得到一份惊喜。

有一天,多吉的自行车不但挂着裹达,而且还带回了一部当时最时髦的四喇叭收录机。整整一箱磁带,其内容,全部是在四川人民广播电台藏语频道播出过的《格萨尔王传》。

收录机里,磁带在沙沙地转动。随着"鲁阿拉拉穆阿拉"的引子响起,在收录机里说唱的,就是那个叫阿尼的年轻仲肯。

4. 汽车来了

川藏公路就从其美多吉家门口经过。因此，公路上来来往往的汽车伴随了多吉的成长，他很小就迷上了汽车。说不定，在车迷一族，他当时的低龄可以登上吉尼斯纪录。

整个龚垭时代，在他心目中，最威风的东西是汽车，最神气的人是司机，最动听的声音是汽车发动机的轰鸣，最香的味道是汽车飘出的汽油味。

汽车，以其不可思议的速度和力量，代表了先进的文明，代表了远方，连接着无限的秘密和未知。在他心中，它们的地位直追无所不能的格萨尔王。

那时来往的汽车还少，主要是军车，其次是邮车，几乎没有客车。因为少，就显得特别稀奇。只要听到汽车马达响，他马上就会夺门而出，追着汽车跑，直到它带着滚滚灰尘消失在公路尽头。看见汽车，这是小多吉心目中的重大事件，也是他在小伙伴面前骄傲的资本，它给多吉带来的激动，至少要持续一整天。

一天，一辆邮车正好在家门对面停下，车前飘扬着一面三角小红旗，旗子还装饰着金色流苏和黄色牙边，漂亮极了。旗

邮车队伍　（周兵　摄）

杆根部是弹簧，焊接在保险杠上，所以它一直在摇晃，像是一只手，不知疲倦地将旗子挥舞。

漂亮的邮车，那一团绿色的光影，这是他那时关于汽车的最美好的记忆。就像种子落地，开车，开绿色的汽车，一个梦想从此在心里扎下根来。

龚垭是乡政府所在地，还有驻军，所以他有比较多的机会看电影。他觉得最好看的是《渡江侦察记》《奇袭》《打击侵略者》那几部，因为里面都有汽车追逐的镜头，很过瘾。小伙伴们被英雄感染，就没完没了地做打仗的游戏。大家都想当解放军而不愿意当坏人，于是就实行角色轮换。但是也有例外，如果有坏人开汽车的情节，多吉也愿意暂时委曲求全——他很乐意把汽车一直开下去。

对汽车朝思暮想，他用木头做汽车，用圆根萝卜雕刻汽车，在地上、墙上，甚至课本、作业本的空白处画汽车。他还把路边道班补路的沙堆修成雀儿山的沙盘，上面的"盘山公路"上跑着他用圆根萝卜或者木头制作的汽车。汽车，汽车，汽车是汹涌的潮水，灌进他的生活，几乎填满他课堂以外全部的想象空间。

他出生在学雷锋的时代。雷锋成为他的偶像，首先当然是因为雷锋精神的伟大，但其中也有雷锋是汽车兵的缘故。雷锋的照片，他最喜欢的就是擦汽车那一幅，他把它从一本书上剪下来，一直贴床头。早晨睁开眼睛，他第一眼看见的就是开汽车的英雄雷锋。

多吉终于坐上汽车了。

十一岁那年秋天，阿妈想方设法让他搭上了一辆要经过马尼干戈的过路车。他扛着一只裹达，里面装满萝卜、洋芋和莲花白。阿爸在马尼干戈教书，多吉第一次成为阿妈的特使。这个系红领巾的阳光男孩，长得可爱，性情活泼，捎他的西藏司机也乐于让他做伴。司机叔叔和蔼可亲，多吉也就无拘无束，仔细观察叔叔开车，并且大胆地问这问那，司机叔叔也有问必答，就像是带了一个小徒弟。

返回德格时，阿爸往他的裹达里装满牛肉和酥油，另外还在他书包里塞满面包、蛋糕和萨其马，并且顺利地把他送上了一辆回昌都的货车——他的运气似乎一如既往的好。

但是，雀儿山给了他人生第一次重大考验——大雪，他们被堵在山上。

晚上，天空昏暗，地上却白茫茫如月光泻地。远山绵延，影影绰绰地似乎被大风吹得飘了起来,让人想起格萨尔王故事里的某个魔国疆域。这是一辆双排座卡车,加上他车上共四个人,都关在驾驶室里。为了防止柴油冻住,稍隔一会儿就必须发动一下引擎。冷,冷得就像身上一丝不挂,冷风直接吹进骨头缝;饿,饿得似乎五脏六腑都被掏空了,嗡嗡作响的发动机声也没有能够盖住此起彼伏的肠鸣。

多吉突然想起了脚边的书包。

"叔叔,你们都饿了吧?"他把书包里的食物一样一样地掏出来,"我们一起吃!"

"一起吃?我们可都是大嘴老鸹哦,几口就给你吃完了!"

"没关系。如果不够,还有这么多酥油呢。"他真的又打开了裹达。

"好可爱的小朋友啊!"叔叔们赞叹。

在呼啸的风中,司机叔叔下了车,打开货车的后挡板。他掀下打好包的一捆棉絮,夹断铁丝,取出三床,全部铺在后排,将多吉捂得严严实实,就像发醪糟。

第二天中午,恢复通车,车子开到龚垭家门口时,多吉还在酣睡中。见到其美拉姆,两个叔叔连连致谢,说她养了一个好儿子,多亏了他提供的食物,他们在山上才没有饿肚子。

多吉自己并不知道,他与汽车,与雀儿山,这一辈子将难解难分。刚才的故事,不过是一个小小的序曲而已。

第二章：乡村少年的德格之旅

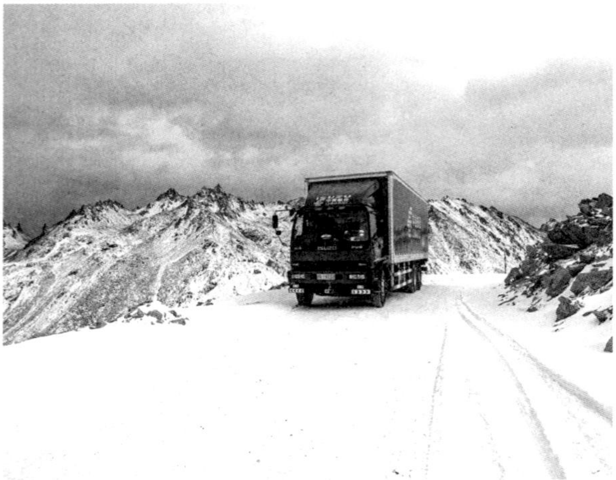

1. 绛红色的小城

还是要说说德格。

即使在今天这个飞机加高铁的时代，从成都前往德格，依然是一次艰辛的旅程。

诚然，康巴高原已经不再是封闭的地域，但是，近一千公里的公路，大部分都蜿蜒在高山峡谷之中。康定、道孚和炉霍，你至少要在其中一个地方过夜。途中几座海拔四千米以上的大山，很难不堵车。

我是三月底坐邮车进去的。邮车师傅施建勋，正当盛年，技术高超，在邮政系统颇有名气。但是，即便我们起了个大早，六点冒着大雪准时出发，康定城西的折多山还是不买账，山上一堵就是六七个小时，防滑链都断了两次。

颠簸两天，历尽艰辛，不过，你付出的一切，最终都会由德格来加倍回报。

川藏公路直接连接上狭窄的小街。蓝天就在头顶，但是街道，具体地说是道路两边的高楼，都躲在浓重的阴影里。耐心地往前走，走近小城核心地带，空间一下子变得开阔，一个古老而真实的德格终于现身——就像翻过了一页乏味的扉页，终于读到了精彩的正文。

色曲河和欧曲河流淌在峡谷底部，不时在街边探头探脑。街道散漫，沿着地势随意地攀爬，带着小城缓缓上升。著名的德格印经院和稍远的更庆寺，它们的金顶在斜阳里发出耀眼的光芒。绛红的院墙、游走的喇嘛、拥挤的民居，甚至许多公立机构的建筑，大片沉着的绛红刷在小城身上，成为基调。那一刻，让我想到成熟的秋天。

街上行人不多。他们眼睛澄澈，眼神温和，走得不慌不忙，一边走，一边捻动念珠。

印经院在德格城里是一个最强大的存在。傍晚时分，它是磁吸的中心。对德格人来说，围绕印经院转圈，这是生活中不可或缺的事。这是别样的转经，别样的散步，是精神和身体二合一的锻炼。

那座两楼一底的建筑算不了什么。把它放在藏区的寺庙群中，它充其量是中等规模。这里曾经属于更庆寺——德格土司的家庙。那时，印经院只是附属于寺庙的一个组成部分。但是，随着印经院的成长，它不但独立出来，还把更庆寺挤走了。印经院全称"扎西果芒大法库印经院"，又称"德格吉祥聚慧院"。它是博物馆、图书馆、研究中心，也是出版社和印刷厂。作为中国最大的藏文印经院和世界上唯一的雕版手工印刷中心，它收藏有二十九万块经版、画版，以及占整个藏区百分之七十的藏文古籍和数量可观的珍本、孤本和绝本。它是藏文化的大百科全书,是紧追拉萨和日喀则的文化圣地。

在藏区,几乎所有的僧侣,都渴望摩挲"德格版"的经书。

有人说,对许多藏人而言,假如此生与布达拉宫和大昭寺无缘,那么就去德格印经院吧。虽然没有菩萨,但是有卷帙浩繁的佛经经典,哪怕是轻轻触摸一下,也可了却一生心愿。

德格很小,并且不是一般的偏远。但是,仅仅凭一个印经院,你就必须对它敬礼。

在城南,一个叫司根龙的街区,密密匝匝的绛红色藏房镶嵌在陡坡上。沿着折叠的石级上去,我找到了阿尼的家。

阿尼是格萨尔说唱艺人。他全副武装——头戴红色的说唱帽,手摇缀着绿松石的马鞭,身披国家级非物质文化遗产传承人的红色绶带,为我进行了大约五六分钟的说唱。他唱的是格萨尔出征时其爱妃珠姆给丈夫的颂词。他唱得如痴如醉,非常享受。我不懂藏语,但是我完全可以感觉到他的唱词锦绣似的华丽,曲调行云流水一般的优美。

他本来是草原上一个目不识丁的孩子,突然可以口若悬河,说唱十几部甚至几十部格萨尔史诗,长度比《荷马史诗》、印度史诗、古巴比伦史诗等几大史诗的总和还要长。

不能不说,格萨尔史诗及其眼前的说唱人阿尼,都是不可思议的存在。或许,这些真的都是神迹?

据说,说唱艺人身上,都有神秘的记号,各自不同。阿尼告诉我,西藏著名的扎巴,是说唱艺人老师的老师。根据他的生前嘱咐，他去世后，其头盖骨现存于博物馆，因为那上面有他的神秘记号——格萨尔的马蹄印。

阿尼当然也有记号。和所有说唱艺人一样，他自己的记号也秘不示人。但是，也许是看到我对藏文化有浓厚的兴趣和足够的尊重，他为我破了例。他撩起袖子，露出左臂内侧，让我看到了那个点状的"阿"字——那是藏文的第三十个也是最后一个字母。

阿尼除了曾经在四川人民广播电台藏语频道说唱，还应邀去过国内包括台湾在内的十几个省份，以及海外的英国、日本。他已经将自己说唱的《格萨尔王传》的最权威版本用藏文记录下来，并且选取最精华的部分，亲自用红桦木雕刻了三百多页，存于德格印经院。

七十多岁的阿尼，已经实现了从文盲到一个真正文化人的嬗变。

看着今天的阿尼，我想到了曾经站在他背后的呷多——其美多吉的父亲。

城南的邮车站里，其美多吉的邮车兄弟、捎我来德格的邮车师傅林鹏和扎巴正在装卸邮件。

德格作为南派藏医的发祥地，在全国都有相当的影响，每天都有外地病人通过网络或者电话远程求医。藏医院的名医们开处方、抓药，然后快递过去。

藏药，尤其是藏医院秘制的藏成药，是许多德格人赠送外地亲友的重磅礼物。

其美多吉和他的兄弟们的邮车上，每天都少不了藏药包裹。

格萨尔故乡、印经院和南派藏医发祥地，构成了文化德格的高光。

源远流长的传统文化，在当今，也孕育出了非同凡响的德格人。我知道，山坡上那些密匝匝的房子里，一定有名医、高僧、歌手和身怀绝技的艺人出入其间。

从这里走出去的著名歌手降央卓玛，与其美多吉是龚垭老乡，还是多吉家的亲戚；高原歌王亚东，是其美多吉几十年的铁哥们。

就像康巴高原长出了虫草和贝母一样，德格这样的大地上，必然会孕育出其美多吉、亚东和降央卓玛这样的优秀儿女。

其美多吉七八岁时就在德格城里走动。小城德格，在一个正在成长中的乡村少年身上，留下了永久的印记。

某种意义上可以说，读懂了德格，就读懂了其美多吉。

2. 藏医院

其美多吉关于德格的儿时记忆，很多都是与藏医院联系在一起的。

去藏医院，开始是与阿妈一起。去了一两次之后，他就代阿妈进去那里找医生看病了。因为阿妈要么因为家务脱不了身，要么因为生病根本起不了床。身负使命的多吉，牢记阿妈说的病状，拎着装有阿妈尿样的小玻璃瓶，过一段时间就要进城一趟。

进城的路，就是沿着川藏公路，一路向南。这是一段十二公里长的路程，家门口那条色曲河与他一路同行，若即若离。

多吉并不知道阿妈得的是什么病，他只知道阿妈总是一副病病歪歪的模样，经常痛苦得起不了床。

是啊，阿爸教书，除了短暂工作在龚垭小学和城关小学时可以照顾妻儿老小外，其余都是远天远地，只有假期才能够回来。阿妈一个人拉扯几个孩子，忙家务，放牛，还要出工参加生产队的集体劳动。累死累活，她的活永远也忙不完。劳累过度，免不了腰肌劳损，消瘦，还可能导致免疫力低下；藏地干活，经常席地而坐，容易得风湿病；太忙，顾不上吃饭，饱一顿饿一顿，肯定要得胃病；长期睡眠不足，可能神经衰弱；孩子一个接一个地生，失血太多，可能有妇科病和贫血相伴随。总之，她的身体长期透支，各种疾病都可能找上门来。

第一次独自去德格是冬天。对一个孩子来说，往返二十几公里的路程，算得上是一个超长距离，那是需要耗时一个整天的长征。公路在峡谷里蜿蜒，永远望不到头。风大，公路上沙尘滚滚，没有走多远他已是灰头土脸。不过，他已经熟悉了这条路：从龚垭出发，依次走过普西、岭达、八一桥、然青贡和十二道班。于是，公路就成为一把尺子，那些地方就是上面的刻度。一段，再一段，他始终在刻度上走，就像切血肠一样缩短进城的距离。

走在路上的多吉从来不知疲倦，因为他心疼阿妈，知道他的奔走与阿妈的健康和快乐息息相关。所以，他总想尽快找到那个叫热巴的医生，请他看病开药，然后尽快回家，尽快让阿妈脱离痛苦。因此，路上的多吉总是越走越快。

藏医院那时还寄居在印经院的一个角落里，叫联合诊所。

千万不要小看了这个联合诊所。诊所里五个人，个个都不是等闲之辈。尤其是当你了解了联合诊所的创始人扎木拉吉，才真正知道诊所的分量。

扎木拉吉，全名扎木拉吉·银批牛麦，他在藏区可是大名鼎鼎的藏医大师。他出身于藏医世家，其曾祖格勒夏、祖父喇嘛夏和父亲泽登均为一代名医。他自幼就跟随更庆寺堪布桑登洛珠学习藏文，十二岁就正式拜舅舅亚列乌金贡布为师，系统学习藏医学。十八岁时,他已经声名鹊起,被更庆寺的僧侣们尊称为扎木拉吉——"僧众医生",随后被德格土司聘为专职太医。扎木拉吉医学理论造诣深厚,博览群书。他通过长期现场认药、采药和临床实践,历练得医术极其高超,出神入化。他看病,无论贵贱,一视同仁。并且,他还善于总结经验,专研学术,著有《藏医药概论》《药物配方》《妇科疾病诊治》《儿科临床札记》等专著。因此,他在康巴地区深受爱戴。1959年创建联合诊所以后,他自配数十种以医治各种疑难杂症和消化道疾病见长的藏成药,加上高尚的医德、精湛的医技、奇特的疗效,让诊所成为南派藏医的代表,在某种意义上,也可以说他们代表着当时藏医的最高水平。

多吉独自跑藏医院时,扎木拉吉早已去世多年,他的徒弟热巴已经挑起了诊所的大梁。

热巴医生三十出头,相貌堂堂,为人非常和气。熟悉了,每次一见到多吉,热巴都要把他叫到身边坐下歇歇。很多时候,他还要叮嘱其他病人:"照顾一下这个可爱的小朋友吧,人家是一个人从龚垭走来的啊。"或者说:"你们看看这个小朋友,走得一身灰土,多辛苦啊。"

热巴医生的诊室,冬天都有炭火,让多吉迅速温暖起来。

和其他藏医一样,热巴看病主要是尿诊。他把多吉带去的尿样接过去,拿在手上摇晃,然后倒在一个小玻璃杯里,观察尿液的颜色、气味、漂浮物和浮皮,再用一根纤细的竹棍搅和一阵,查看尿液气泡的变化。从这样一个切入点,可以推理出食物在人体内的消化和转变,从而准确判断病症和病因。尿诊的原理和方法,系统记载于藏医经典《四部医典》,已经有一千三百多年的历史。它是藏医临床最具特色、最为简便有效的诊断手段。

曾经有人恶作剧,将牛尿倒在瓶子里去找热巴"看病"。热巴脾气好,只看了一眼小瓶,就说不要紧,不要老关在圈里,放出去,草吃好了,它也就长好了。那个人脸红了,唯唯而退。

热巴看了多吉阿妈的尿样,迅速开药——其中有藏成药,也有草药,分别用纸包好。服用的时间、数量、注意事项以及禁忌冷、酸、硬和辛辣等,他都一一给其美多吉交代清楚。

就像牢记阿妈病情症状一样,多吉牢记着热巴医生的叮嘱,回家后他一字不漏地转告阿妈。阿妈卧病在床的时候,他还按医生的要求熬药,给阿妈喂药,像一个小护士一样照顾阿妈。

现在的阿妈身体硬朗,生活幸福而快乐。她身体状况的转折点,应该就是从多吉跑藏医院那个时候开始的。

多吉在成长,藏医院也在成长。它先在印经院里,是联合诊所,1978年又迁到县人民医院旁边,虽然只是简陋的两层小楼,但是规模大多了,并且添置了X光机、超声诊断仪等现代化设备,是四川全省最早的藏医院。

德格藏医院不但自己发展了,还帮助周边医院培养医生。甘孜州和各县藏医院的医生、甘孜州卫校藏医班的师资,其骨干都是由德格输送过去的。

辍学回家的多吉，这时再进城，已经不再步行往返了——他家已经有了自行车。

有了自行车，进城买药当然也容易多了。

那是一个夏天的早上，他在城里买好药，返回时，好多人家还在吃早饭。他车子骑得飞快，一路洒下快乐的铃声。

车过普西，很快就要到家了。他朝旁边不经意一瞥，发现色曲河一侧的荞子地里，两头黑色的牦牛正吃得欢乐。

刚刚成熟的庄稼，这是农民辛辛苦苦的果实啊，你们不在山上吃草却跑到这里来糟蹋！他心痛，有些生气，将自行车往路边一放，捡起石头就要去驱赶牦牛。

他气呼呼地走到地边，却看见一头"牦牛"人一样直立起来，用前掌将荞子一把一把地揽到一起，然后送到嘴里狼吞虎咽。哦呀，这时他才看清楚了，眼前偷吃荞子的哪里是牦牛，而是黑熊！并且都是成年，一共四只！

多吉大吃一惊，急忙丢了石头，飞也似的跑回公路，骑上自行车就朝家的方向狂奔。还好，老熊们舍不得荞子地里的一场盛宴，也许还知道这个半大的小伙子不会和它们抢食，所以只是略微生气地低吼了两声，并不追赶。

那时阿妈已近康复，他记得，那是他最后一次给阿妈看病买药。

多吉对德格藏医院至今怀有深情。

随着热巴退休、去世，他的儿子雄呷和侄儿伍金丁真也都成为名医，分别担任了藏医院的院长和副院长。其实，热巴也出身于名医世家。先祖忠措吉如培，是修印经院的那个德格土司却吉·登巴泽仁的御医兼秘书，家族医技代代相袭，名医辈出。

德格藏医院在龚垭投资八千万，建起了第二医疗区，还与甘孜州卫校合作，在其美多吉读过书的龚垭小学旧址上，办起了藏医学校。

其美多吉非常欣慰，龚垭的乡亲们再不用拎着尿样瓶子徒步去城里的藏医院看病啦。

3. 未来的歌星在街头晃荡

扎木拉吉于 1964 年去世。当他的子孙乃至徒子徒孙在德格的藏医领域大显身手的时候，他的后代，却也有人在德格街头晃荡。

他就是亚东，全名尼玛泽仁·亚东。

没错，他就是后来大名鼎鼎的歌星亚东，他唱的《向往神鹰》和《卓玛》家喻户晓。

亚东是扎木拉吉的曾孙。但是，他可能天生就不是当医生的料。因为，祖传的技艺按传统首先是在长房传承。而他，既不是长房，本人也完全没有那个兴趣。

亚东阿爸也没有学医，他只能干硝皮子这一行。现在，硝皮子的阿爸也因病早逝了。本来就野性十足的亚东，视课本为敌人的亚东，阿爸去世而家里变得更穷了的亚东，便从此读不起书，不过他也乐得不读书。

其美多吉和亚东，两个人都记不清他们是如何认识并且成为朋友的。他们努力在记忆里打捞，一个模糊的印象就是，这与亚东的顽劣有关，也与他们俩年龄相同、模样相似有关。

亚东家就住在德格中学旁边。校门外有一个水井，学校的师生用，周边的老百姓包括亚东家也在用。初一时其美多吉偶尔也到井边打水，也在这里碰见过亚东一两次。

一天晚上，学生宿舍刚刚熄灯，孩子们在床上还没有把自己身子放平，突然窗户惊天动地一声巨响，一块石头破窗而入，落到了多吉的床头，再咚的一声掉在地上。

多吉下意识起身，被子上一块玻璃哗啦一声掉落地上。他转头从破洞里往外一看，一个年纪和体形都跟自己差不多大的孩子，正在往印经院方向狂奔。

他心里咯噔了一下，觉得那个身影有几分熟悉。多日以后，多吉在井边又遇见了亚东。他突然觉得，那天晚上扔石头的，完全可能是他——因为他家就住在学校背后，印经院旁边。并且，他还成天东游西荡，拿着弹弓到处打鸟。

多吉正要质问，突然一个打水洗衣的女老师很惊讶地问："你们是兄弟？"

多吉和亚东，你看看我，我看看你，摇摇头，一脸迷惑。

"我看你们啊，不但像两兄弟，而且像一对双胞胎！"

那天，他们互相知道了对方的名字。其美多吉也终于忍住了，没有质问他砸玻璃的事——他不愿意坐实了是这个和自己长得差不多的人干的。

这以后，他们相互打量的眼神柔和起来。放暑假的前夕，他们还在一起玩了扇烟盒纸的游戏。很快，他们发现了彼此还有两个共同爱好——他们都是汽车迷和连环画迷。

没过多久,其美多吉也失学了。

在龚垭干农活的多吉与在德格街头晃荡的亚东,他们之间的联系反而紧密起来,其纽带就是连环画——他们把它叫"图画书"。

多吉总是在进城办事时去亚东家。他们交换图画书,也交换烟盒纸。如果时间允许,他们也互相讲故事。他们当时脑海中拥有的故事,无非是《格萨尔王传》的某个片段。他们的故事,几乎和当时所有的藏族孩子一样,都是来自父亲的讲述。只是,《格萨尔王传》版本甚多,又卷帙浩繁,每一个父亲给孩子讲的都很不一样。

他们都对城市怀有梦想。德格太小,梦想太大,但是北京又太远,成都是他们还不知道的存在,于是"大城市"康定,就是他们梦想的唯一栖息地。

他们还玩一种类似打擂的游戏。他们将《三国演义》《水浒传》《说岳全传》等图画书上的著名战将和英雄好汉剪下来,互相出牌PK,武艺高强的吃掉弱的一方。不过,这里争议太多,梁山一百零八个好汉,他们之间的地位已有定论,但是,活在不同时空的关羽和林冲,岳飞和张飞,谁的武功更高?他们无法达成共识。这是"学术"问题,也有个人偏好的问题。各执己见,争论得面红耳赤,无奈,只有去找一个大家都信服的人来裁判。

他们在一起也唱歌。他们唱《怀念战友》《花儿为什么这样红》和《骏马奔驰保边疆》,也唱《乡恋》《边疆的泉水清又纯》和《我们的生活充满阳光》。他们刚刚过了变声期,两个人似乎都突然发现，自己的嗓子原来如此之好，难度越大的歌曲唱起来越是过瘾，一下子都有了歌唱的欲望。

从此，他们在一起时，唱歌有意无意就成为重要内容。后来，他们各自参加工作，各自都买了二手卡车，跑起了货运，凑在一起时他们更要唱歌了。卡拉OK厅、酒吧，都是他们聚会的场所。他们从来不放过"耍坝子"的机会。夏天的草原上，他们用大碗喝小香槟、甜酒，也喝本地的青稞酒，通宵达旦地歌唱。

又一次耍坝子，又一次喝酒唱歌，两个人都喝高了，他们终于说起了当年的砸玻璃事件。事情还真是亚东干的。原因让人哭笑不得：他在街上晃了一天，回家晚了，路上害怕，就朝学校扔了一个石头，既给自己壮胆，也借此逃跑——因为他生怕有人追来，就不得不一口气跑回家。

也许不完全如此。一个刚刚进入青春期的失学少年，自己家门口就是学校，他却只能干瞪眼。委屈、嫉妒加上叛逆，朝学校扔出一个愤怒的石头，好像也不怎么奇怪。

亚东人生的转折点，是那次拉木头去康定。

他胆子很大。那辆车本来是县物资局的，在单位院子里不知道已经停了多少年，差不多已经成为一堆废铁。他去找物资局，花两千元买下了这辆破车。换了些配件，自己一阵鼓捣，就准备开车出门了。车子打不着火，只好从坡上往下推。哐当哐当推了好长一段，车子居然终于发动起来。于是，亚东就用这车拉了一车木头，去了他一直向往的大城市康定。他准备以这车木头掘回自己的第一桶金。

亚东生来就不是一个安分的人。他十六岁就当了兵，两年后退伍。他先在县体委工作，后又调文化馆。对单位里一本正经的坐班、读报学习，他极不适应。于是，他弹吉他，学架子鼓，办培训班，不停地折腾。

业余的木材贩子亚东，是带着吉他、打酥油茶的浆桶和装糌粑的口袋去大城市康定的——这三件套将是他后来车上的标配。

作为文化馆的干部，亚东在康定有朋友，也有饭局。那天的饭局就在州歌舞团的朋友家里。爱音乐的人，酒一喝，歌兴就上来了。喉咙痒痒地想唱歌的亚东，弹起吉他，随心所欲，即兴唱了两首酒精浓度很高的藏族民歌。

唱者无意，听者有心。亚东的歌声飘进了隔壁一个人耳里。他就是甘孜州歌舞团团长罗布。在州里，罗布从来没有听到过这么特别的弹唱，也从来没有听到过这么好的嗓子。他忍不住推开门，要见识一下唱歌的人。亚东是一个很放得开的人。面对罗布，他放开嗓子，一气唱了好几首歌，包括刚刚上映的日本电影《人证》的插曲《草帽歌》。亚东的音乐天赋的确很高，模仿能力极强，不过是看了一场电影，他居然就可以唱插曲了。

罗布为自己的发现兴奋不已，当即邀请亚东参与第二天全州"四级干部大会"的演出。

盛情难却，亚东只好暂且放下要卖的木头，仓促上台。除了罗布，谁也没有想到，亚东竟然成为那场演出的亮点，甚至是兴奋点。在雷鸣般的掌声里，他一连唱了五首歌，《朝圣的路》《皮卡克》《流浪者之歌》等。全场最火爆的还是《草帽歌》，因为电影刚刚上映，人们的新鲜劲儿还在。最让各级干部惊叹的是，他居然唱的还是英文，好牛啊。

其实，小学三年级"毕业"的亚东，他唱的是什么英文啊。即使他模仿能力强，但英语是轻易就可以模仿的吗？他给罗布唱的时候，他是乘着酒兴，胡乱咿里哇啦一番。现在，站在聚光灯下，主持人已经报幕了，他没有退路，只好用对付罗布的办法来对台下大大小小的官员和基层干部。亚东舞台上的"英语"反正谁也不懂，但他嗓子浑厚，明亮，音域非常宽广，既有高亢粗犷的激情演绎，也有纯净磁亮的音色如泣如诉，加上飙"英语"，他第一次走上正式的表演舞台，引起的轰动前所未有。

很快，亚东调去州文化馆了，亚东去成都做生意去了，亚东出专辑了，亚东在省内外走红了。

亚东名气越来越大，其美多吉与他的联系虽然越来越少，但是二人友谊依旧。每当他回到德格，他们都尽可能见面。酒吧、餐馆、歌舞厅，朋友们依然聚在一起唱歌、喝酒，分享亚东的成功。

一天，又一次在德格重逢。

"兄弟，你也是有天赋的。"亚东真诚地说，"走吧，我们一起干。"

"我还没有朝这方面想过呢，"多吉犹犹豫豫地说，"让我好好想一想。"

最终，其美多吉没有跟亚东走。

他是老大，下面还有七个弟弟妹妹，他不能离开德格，不能拿弟弟妹妹的未来做赌本。并且，他这时已经有了车，他喜欢开车。

2019年，一个春夏之交的下午。成都岷山饭店的二楼茶坊里，竹帘屏风隔断、红木茶桌椅凳加上绿植和盆花点缀，当然还氤氲着新茶沁人心脾的清香，幽静而舒适。这是一段特别适合朋友聚会和聊天的空间。

其美多吉和亚东一前一后到来。他们已经有好些时候没有见面了，见面时都显得有些激动，一上来就是一个结结实实的拥抱。

都说他们很相像。现在，他们同时出现在我们面前时，让我看清楚了，他们真的像是一对双胞胎——

都是一米八几的大个，都是络腮胡子，都是轮廓分明的五官。只有细看才会发现，亚东脸型只是略宽而已。

他们的差别主要在衣着。多吉黑衬衣，深色休闲裤，随意而淡定；而亚东，红色体恤，牛仔裤，背一个沉甸甸的双肩包，像是刚归来，也像是即将出发，一副行色匆匆的样子，完全看不出他是要坐下来喝茶。

当然，他们最大的不同还在职业身份。

亚东早就是著名歌手，人称高原歌王，粉丝无数。他唱红的不少歌早就家喻户晓。

多吉至今还是邮车司机，几十年如一日，始终在雪线邮路、在雀儿山的冰天雪地往返。

坐下来，谈点什么呢？

亚东说，你不够哥们，后来看见铺天盖地的媒体宣传，我才知道你曾经受了那么重的伤害。你为什么不告诉我呀？

多吉说，为什么要告诉啊？满脸伤疤，瘸着腿，快成废人了，多狼狈多没面子啊。

亚东说，我们家电视机的灰都积了厚厚一层，为了看关于你的报道，三四年了才第一次打开电视，看得我们两口子都热泪盈眶，我为你骄傲啊多吉。

多吉说，我永远是你的粉丝，告诉你吧，你所有的歌我都可以唱。

亚东说，以你的天赋，如果当年听我的，我们一起在歌坛打拼，你早就是名气很大的明星啦。

多吉说，开车有开车的快乐。我们当年，梦想不就是开车吗？

亚东说，是啊，那时做梦都在开车。现在，只有你还在坚持。

多吉沉默了。是的，在人生的转弯处，也许就那么一小步，就决定了你不同的命运。

当年，他的确还有另外的选择，另外的可能，另外一种人生，另外一种活法。

但是，假如时光倒流，再做一次选择，你的选项是什么呢？多吉不止一次对自己发问。

他想，十有八九，大约还是会选择邮车。

4. 印经院小工

联合诊所搬迁出去，升格为藏医院，印经院成为纯粹的文化机构。

在过去的动荡年代，也多亏了德高望重的藏医们坐在印经院里。出于对他们的敬畏，红卫兵才没有在里面大闹，印经院的那些稀世之宝，才得以幸存下来。

混乱终于结束，印经院文管所和藏医院几乎同时成立。拨乱反正，百废待兴，一切重新回到正轨。

那是印经院又一个中兴时代的开始。一批地方藏文化学者被调集到这里，清理、修补、校检经版和文献，恢复经书刻板印刷，其中就包括了其美多吉那博学的父亲呷多老师。

因为父亲，也因为印经院太缺人手，其美多吉也来到印经院。1980年至1981年，他都在这里当小工。

在印经院，其美多吉的具体工作是印刷经书。

从一楼拾级而上，二楼环绕天井的走廊里，就是多吉他们的工作间。在几个老师傅的带领下，多吉和几十个年轻伙伴，都曾在那里紧张而快乐地工作着。

他和扎西朗加、扎西彭措一个小组。一人负责抱经版，另外两人坐在简陋的木椅上负责印刷。这是一个最基本的生产单位。

初来乍到，多吉的工作是从抱经版开始的。

他肩扛手抱，一路小跑着往返于走廊和库房之间。

库房内的木架高达房顶，共分十五格，每一格都插满了印版。印版的一头都有把手，若要取出头几格的印版，需要借助木梯。

初进库房，刹那间，多吉被架子上的雕版排山倒海般的气势震撼了。

这里是拒绝明火的，包括电灯。甚至，整个印经院都没有电源。唯一能照明的，就是太阳和月亮。外面，现代化正在狂飙突进，但这里从来都是我行我素，时间几乎没有流动，一切都没有改变，一切与古代无异。多吉第一次进去是早晨，微光照耀，只显现出库房朦胧的局部。一排一排的雕版，密密匝匝，挤靠在晦暗之中。整齐的木架一直延伸，远去，渐次消失，似乎没有尽头。多吉知道，库房里装的其实都是文字，它们都带着古人的气息，隐伏在黑暗中。淹没在文字的海洋里，其美多吉的身心都贴紧了文字。他觉得，这里的每一个字都是活的，它们跃跃欲试，试图发声。库房寂静得出奇。但是，近三十万块雕版，巨大的文字汇聚成山呼海啸般的力量，似乎要将他席卷。那时，只读了一年初中的其美多吉，才意识到什么叫学识渊博，什么叫浩如烟海，什么叫知识就是力量。

负责印刷的朗加和彭措，都比多吉大两三岁。他们春春勃发，心无挂碍，工作得无忧无虑。朗加在倾斜的印版上涂墨，彭措左手先铺纸，待右手执一滚筒一推而过，再揭起已印上文字的纸，一张书页便告完成。二人一俯一仰，配合默契，形成快速而有节奏的律动。整个过程一气呵成，如同运转自如的机器，让人眼花缭乱，目不暇接。

印经院的用纸，原料主要是一种名叫"阿胶如交"（汉语学名叫"瑞香狼毒"）的草本植物的根须。用"阿胶如交"造出的德格纸，色呈微黄，质地较粗较厚，但是纤维柔性好，不易碎，吸水性强。同时因"阿胶如交"本身是一种藏药材，有一定毒性，故造出的纸具有虫不蛀、鼠不咬、久藏不坏的特性，是一种印刷保存文献的理想用纸。多吉他们在头天下班前就要将纸浸泡，用布包好，压上石头，让纸不至于太湿，也避免风干。

印刷完毕的书页，多吉他们还要把它们挂在天井里的绳索上，自然晾干，再交由管理人员验收。质量合格了，再送齐书室理齐、磨平，周边涂红并且捆扎后，才成为一部经书。经版用完后，有专门的洗版工清洗，晾干，涂上酥油，验收后重新上架。

印刷过程看似令人眼花缭乱，但毕竟是一种简单重复的机械动作，其美多吉一看就会。很快，他和朗加、彭措三个人随时互相轮换，在任何位置上都应付自如。他们三个人都年轻、淳朴、友善而快乐。一年多时间里，三个人像亲兄弟一样合作相处，一直在歌声和欢笑中劳动。他们小组完成的所有印刷产品，也一直保持着当时印经院最好的质量。

朗加至今还在印经院。他和许多印经院造纸、雕刻和印刷的工人一样，把日常工作当成修行，或者说修行已经成为他的日常工作。他的内心是明亮的，他的生活是阳光的，一如当年和多吉在一起的那个时候。

朗加他们并不认为自己的工作很卑微。他们以虔诚之心工作，即使单调，机械重复，也可以抵达无人可以抵达的境界。

在印经院的其美多吉，当然是和阿爸住在一起。

除了中午印经院解决一顿简单的午餐外，早晚都是父子俩自己做饭。记忆中，这是多吉第一次，也是唯一一次和父亲长期朝夕相处。

那一年多时间，他们是父子，也像师徒。

因为有了对文化的敬畏，他也因此更加敬畏自己的父亲。

第三章：世界上最美丽的小河

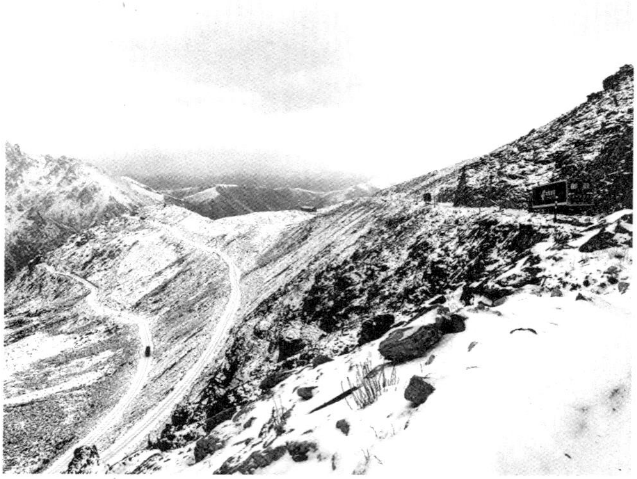

1. 乡政府新来的炊事员

其美多吉跟着阿爸来到竹庆的时候，是1982年春夏之交，一个暖风吹拂的下午。

阿爸是领他来乡政府报到的——阿爸在印经院退休，他顶班参加工作，被安排到竹庆乡政府当炊事员。

那时，多吉的心情多少还是有些复杂。因为他参加工作了，这就意味着他与当汽车兵的理想彻底告别，这让他有些失落。但是，虽说是当炊事员，但毕竟离开了农村，由农民转为国家职工——即使在印经院打工，他的身份还是农民，所以这个转身还算华丽，十九岁的其美多吉，对即将到来的新生活，也因此充满了期待。

父子俩前一天从龚垭搭顺风车到马尼干戈，第二天再从马尼干戈搭去石渠、青海方向的车来到竹庆。下了车，看着搭载他们的那辆货车开走，他们才走下公路，从桥上跨过竹庆河，往竹庆街上走。

那时的呷多老师，其实还不到退休年龄。他身材高大，脸膛红润，轮廓分明，目光深邃而清澈。长长的头发不加修饰，须髯相连，让他显得更加飘逸，脱俗，气质不凡。他肩上扛了两个裹达,在竹庆的小街上走得健步如飞。其美多吉背着被盖褥子,紧跟着阿爸,好奇的眼睛总在东瞧西瞅。他身材、五官都酷似阿爸,简直就是阿爸的年轻版。

竹庆很小,就一条四五百米长的小街。街上仅两种建筑:红色的藏房和白墙青瓦的单位公房。这里似乎还没有龚垭热闹。

呷多对儿子说:你千万别小看竹庆这个地方,这里的雪山草地是格萨尔曾经驰骋的舞台。竹庆寺是藏传佛教宁玛派(红教)六大名寺之一,在全国各地和海外有分属寺三百多个,历史悠久,享有盛名。竹庆寺还是格萨尔藏戏的发源地,每逢重大节日,都有精彩的演出。儿子,在这里,你将会看到许多在其他地方看不到的东西。说不定,你也将得到许多在其他地方得不到的东西。

听阿爸一说,多吉立刻对竹庆刮目相看。

父子俩边走边聊,从西向东,依次走过兽防站、粮站、小学、供销社和卫生院,最后才是乡政府。乡政府大门敞开,里面空空荡荡,对面那棵杨树上传来阵阵杂乱的鸟叫,让院子显得更加冷清。他们走进去,一直走向大院里那个唯一开着的房门。屋子里,一个人捧着一个大碗,大半个脸埋在碗中,正呼哧呼哧地舔着。其美多吉知道他是在"舔卡提",具体地说,就是在糌粑里加了酥油、奶渣、盐、糖,用茶水调和以后,再舔着吃。这是德格一种相当普遍的吃法。

听见门口响动,那人从碗里探出头来,现出一张黑红的脸。

"呷多老师!"

"真珠仁青!"

几乎同时,两个人都叫了起来。

真珠仁青急忙站起来。他是本乡的党委书记,和呷多是老熟人了。著名的呷多老师,在本县的很多地方都教过书,另外他的老家窝公与竹庆是近邻,这一带很多人都认识他。

"我把其美多吉交给你了,今后,你该训就训,该骂就骂!"

"您的儿子,"仁青看了看多吉说,"放心吧,他一定错不了。"

没错,初来乍到的其美多吉,很快就赢得了乡里一致的好感。他的编制是炊事员,厨房里锅碗瓢盆一应俱全。但是,仁青并没有让他去煮饭——食堂已经好多年没有开伙了,因为机关人少,工作流动性大,干部们又习惯了传统的藏餐,而糌粑、酥油茶之类食物,似乎也很难定时定量,统一制作。于是,食堂形同虚设。

多吉是竹庆乡政府第一次配置的专职炊事员。

于是,不煮饭的其美多吉,就成为一个职责模糊的勤杂工,守电话、支差、跟领导下乡。不过,他天生勤快、谦逊、真诚,喜欢帮忙,所以很快就融入新的环境,建立了好人缘。

美好的环境,美好的季节。崭新的生活,在竹庆河边慢慢展开。

2. 巨款不翼而飞

三个月以后,一个龚垭老乡,冲着热情而爱帮忙的多吉找到竹庆来了。他叫扎西,与多吉的年纪差不多大,是个木匠。改革开放,百废待兴,竹庆也不例外。扎西想找地方做木匠活。帮老乡这个忙,对多吉来说没有多大难度。扎西活找到了,也顺便住到多吉寝室,住宿费也省了。不仅如此,多吉还将自己一套稍显小了些的咖啡色新衣服送给他。多吉知道扎西家穷,总想帮他。另外,乡里乡亲的,照顾不好,乡亲们哪怕是一句半句闲言碎语,也丢人啊。

那天,多吉在科洛洞领回了乡政府所有人员的工资——那时县与乡之间还有区这样一个层级,科洛洞是区公所驻地。那是一千多块钱,一笔巨款,多吉把它悄悄藏在枕头下。

每逢领工资那天,乡干部们都像是过节。仁青书记顺应民意,同意晚上在大院里举行舞会。因此,工资还没有发下去,机关里已经洋溢着喜气了。

有个小小的遗憾。扎西妈妈生病,已经在雇他的供销社结了账,要马上赶回去,说好的一起参加舞会,当然参加不成了。临走,扎西摸出五十元钱,一定要塞给多吉。

"你给我钱干什么？快走吧，妈妈看病要紧。"多吉坚决拒绝了。

"我挣到钱了，应该感谢你。"

"你挣那点钱，也许只够妈妈看病呢。"多吉看着扎西。

"我，我……好吧。"扎西的眼光有些胆怯，马上转到一边，提起他的一个小包袱匆匆走了。

下午，下班时间还没到，大家已迫不及待，都来领工资了。

问题很快就出现了：工资发放额度还不过半，钱已经没有了。一清账，整整差了八百元！八百元，接近一个人两年的工资，一笔巨款啊。

其美多吉脑袋里嗡的一声，傻了，整个人一截木头一样戳在那里。

乡干部们面面相觑。

"钱到底哪里去了？"真珠仁青铁青着脸。

"钱取回来我还数过，"其美多吉很委屈，"我哪里也没有去呀。"

"是不是你那个老乡拿了？"大家七嘴八舌，都在怀疑扎西。

"不会呀，他一直很老实的，并且，我对他那么好。"

"既然这样，你准备赔钱吧。"真珠仁青严肃地看了多吉一眼，摔门走了。

没有办法，其美多吉只有赔钱，用全部的工资赔。事情很丢人，他也不敢求助任何人，包括亲戚、朋友和家人。

那段时间是怎么熬过来的？其细节，其美多吉本人都记不清了。他只记得多次空手回家，返回时阿妈还往他的裹达里装满糌粑、洋芋和莲花白。肚子挨过饿，这样那样的尴尬也经历了不少。最让他难受的是，不少人都用猜疑的眼光看他。"贪污""挪用"，一个若隐若现的污名，膏药一样贴在他身上。

他只有默默忍受，想方设法渡过难关。

最终救他的是供销社。多吉和供销社主任小洛布关系不错。小洛布看到多吉的日子难挨，也坚信他的人品，有心帮他，就请他去组装自行车，二十元一辆。小洛布还真找对人了。那一大堆自行车散件，仅仅是将辐条上在轮毂上，就会难倒竹庆全乡的人。但是，多吉恰恰有这方面的天赋。他只需大概看看图纸，很快就成为熟练的自行车装配工了。装一辆车充其量两小时，二十元到手，一个月的生活费就有着落了。

多吉手巧，动手能力强。除了装自行车，他还无师自通地学会了电工，也学会了修收音机。他成为竹庆罕见的能工巧匠。每个晚上，每一个星期天，他都在忙碌。工资按月在扣，但他的业余收入比工资还高出许多。一个没有薪水回家的人，居然慢慢地过得滋润了，时不时还请朋友、同事撮一顿。

他常常也在想，那八百元钱究竟谁拿了？

想来想去，唯一的嫌疑人只能是扎西。但是，在事情证实之前，多吉一直不愿意把他作为嫌疑人。

最终锁定扎西，是凭借从龚垭传来的消息。有了不义之财的扎西，他太不会隐藏了。他花钱大手大脚，甚至是挥霍、炫耀性消费——那是发了横财才有的做派。

但是，当多吉回家，敲开扎西家那扇关不住风的木门时，躺在病床上的扎西阿妈告诉他，扎西已经到青海打工去了。

整整一年，多次回家，他都没有撞上扎西。

转眼又是年底。

一天，朋友洛桑从马尼干戈过来。两个人喝着茶，东扯西扯，不经意就说到了扎西。朋友一拍大腿，说我刚才在马尼干戈看见你那个亲戚扎西了，他在等回龚垭的车呢。

多吉马上找到真珠仁青书记，说明情况，请假。然后，他跑到竹庆寺，向多登活佛借了竹庆全乡唯一的那辆摩托。活佛打了一卦，说：去吧，不过，你追得上那个人，但是追不上那笔钱了。

骑着活佛的摩托，路过竹庆小学门口时，他顺便拉上和他要好的工布老师，二人朝马尼干戈狂奔而去。到马尼干戈的岔路口，扎西果然还在等车——那时车少，又是春节前夕，他在那里已经等了一天多了。

多吉把扎西喊进一个餐馆，三个人在一个角落坐了。走得匆忙，又顶风冒雪骑了一个多小时摩托，多吉忍不住打了一个寒战。

"你去买件棉大衣吧。"扎西又掏出了五十元钱，一脸同情。

多吉再也忍不住了，一把抓过钱，猛地扔在扎西脸上。

"扎西！我把你当兄弟，你却这样害我！"

"你在说什么啊？我不明白。"扎西强装镇静。

"龚垭的乡亲们都知道了，你还在装！再不说老实话，我马上把你拖到派出所去！"

扎西终于崩不住了："别，千万别！家丑不可外扬！"他扑通一下跪下来，连打了自己几耳光。

"多吉啊，我真不是人，你打我吧，随便怎么打都行。"扎西痛哭流涕。

活佛说对了，多吉没有收回他的钱。扎西没有什么钱。偷的八百元被他迅速挥霍一空，他在青海打工也没有挣到钱。身上的现金总共不到一百元。他随身只带了一些羊皮和羊毛，那是包工头抵扣给他的工资。

多吉知道，扎西家依然很穷，他阿妈依然多病。怒火发泄之后，他居然对扎西慢慢产生了怜悯和同情。

"这样吧，我不要你的钱，也不要你的东西。青海挣不到钱，我继续在竹庆给你找活干。"多吉说，"但是，我要求你在我们书记面前把事情说清楚。"

多吉放走了扎西。

春节过完，扎西果然再次来到竹庆。同他一起来的，另外还有五个龚垭乡亲，包括扎西的舅舅。多吉在竹庆寺给他们找到了修缮房舍的木工活。

多吉把扎西带到真珠仁青书记面前，让他当面把偷钱的事情说了。他又是痛哭流涕，又打了自己的耳光。

"要不是多吉心肠好，我一定把你抓起来！"

扎西唯唯诺诺，赌咒发誓，今后一定痛改前非，做一个多吉那样的好人。

他穷愁潦倒的现状和老实巴交的外表,让人生阅历非常丰富的真珠仁青也相信,他已经充分认识到自己的错误了。是啊,人怎么能够在同一个坑里跌倒两次呢?

但是,难以置信的事情还是发生了。几个月之后,竹庆寺修缮工程即将结束。扎西跑到财务那里,一番花言巧语之后,冒领了包括他舅舅在内所有老乡的工钱,立刻不辞而别。

多吉懊悔不已——他居然再次重复了《农夫和蛇》的故事。

几年之后,多吉已经到德格邮电局工作。一天,他开着邮车下乡后回到城里。突然,街边出现了一个熟悉的身影——他不就是那个逃之夭夭的扎西吗?

多吉在他身边刹住车。那人侧身,果然是扎西。

看见多吉,扎西满脸堆笑,一如老友重逢,就像此前什么也未曾发生过似的。并且,他又摸出了五十元钱递给多吉。

多吉像吃了苍蝇一样恶心。

"滚!不要再让我看见你!"

其美多吉后来想,扎西真还是一个不错的反面教员——他虽然让自己背了一段时间污名,但经过澄清,知道了事情的全部真相之后,人们更加清楚了其美多吉的为人,也就更加尊重他。尤其是,因为赔钱,自己绝地求生,被逼着学会了多种谋生的技艺,不但还清欠款,还成为竹庆乡政府同事眼里的"富翁"。

假如没有扎西,结果又会怎么样呢?

3. 美女泽仁曲西

那天，多吉的工作是守电话。

那部黑色的摇把子电话摆在一张油漆斑驳的红色办公桌上，大半天了，没有铃声响起，也没有人来打电话。孤独，寂寞，它就像守电话的多吉。

"喂，你好！"一个脆生生的声音在跟前响起。

多吉从那本《汽车结构与修理》里抬起头，才发现面前站着一个姑娘。他从来没有见过她，漂亮得让他不能直视。

她苗条、匀称、肤白，五官精致。尤其是她的眼睛，明亮、单纯，像秋天里清澈见底的湖水。一脸稚气，让她像初绽的花蕾一样带了几分娇羞。她一身华贵，绛色的高领丝绸藏袍长及脚踝，领、袖、大襟和下摆都镶了灰色的水獭皮，脖子上恰到好处地现出丝线镶边的粉色内衣，胸前挂着蜜蜡项链和珊瑚、绿松石挂件。一看就知道，这些佩饰来自大家族的祖传。

任何姑娘，穿上这样的衣服，佩上这样的饰物，都会顿时变得美丽超凡。然而，她集各种罕见之美于一人之身，让她像一个公主，甚至是天降仙女。

那个时候多吉还不知道什么叫惊艳。但是，十六岁的泽仁曲西，她第一次出现在多吉面前时，只有惊艳一词，才配得上她和她的美丽。

她是来打电话的。多吉帮她接通，接电话的是石渠县某部门人士。

原来，她电话那头要找的是她舅舅。她告诉舅舅，竹庆家里的舅妈病了。

他们通话的内容，多吉并没有在意。让他注意的是，这个女孩说话温柔婉转，声音非常好听。

"你是哪里人啊？我怎么没有见过你？"多吉问她。

"我家在龚垭。"

"怎么？你是龚垭人？"多吉很惊讶。

"对呀。我家在龚垭乡康公村。不过，我现在和舅妈住在一起。"

"我也是龚垭人啊。"

"你也是龚垭人？"姑娘一脸惊喜，脸色更加绯红了。

"就是啊，我家在龚垭村。我刚参加工作来到竹庆。"

"哎呀，有一个家乡的阿哥在这里，多好呀。"

"我也是啊，这里没有一个沾亲带故的人，很高兴见到你这个老乡。"

"我家在那里，"姑娘朝小街尽头一指，"欢迎随时来玩。"

"我叫泽仁曲西，舅妈叫白玛堪珠。"临走，姑娘又说。

虽然同乡，康公与龚垭相距大约二十公里。

康公，意为雪山上的村寨。这是一个非常美丽的地方。正如地名所示，康公寨子坐落在雪山之下，一大片草甸之上。寨子背后，还有翁翁郁郁的森林，在山腰山脚广袤地绵延。寨子旁边有溪流，流水清亮，泠泠淙淙地在灌木林里穿行。

曲西阿妈格桑拉姆已经在几年前去世。阿妈生前是康公的村支书，在德格县很有名气。她名气大，一是因为女支书太稀缺，也因为她很能干，还因为她是一位美女。美女村支书格桑拉姆，人品极好，公正无私，利落，泼辣，有魄力，心胸比男子汉还要宽广，在康公村人人敬重。令人惋惜的是，曲西十一岁那年，阿妈生了小妹，没有满月就去县里开会，因为路上受了风寒，回来就病倒了。藏医、中医和西医全看遍，药吃了整整一年，病还是越来越重，最终还是走了，当时还不到四十岁。

曲西阿爸葛松泽仁也是基层干部。妻子在时，他是生产队长。妻子去世后，他当了村长，也像妻子生前一样热心服务群众，为人厚道。村务的安排，财物的分配，都公平合理，让大家心服口服。他一年四季都忙忙碌碌，忙村务，忙修桥补路。村里男人们大多打工去了，他常常还要放下自己家的事情去帮助困难户。

在葛松泽仁的五个孩子里面，二女儿泽仁曲西是他最疼爱的一个。他出身于旧贵族之家，在以阶级斗争为纲的年代，日子不怎么好过。1967年大年初三，曲西的出生给他带来了希望。因为妻子临产时，他听到了仙鹤在天上的叫声——这是大吉之兆。果然，妻子分娩顺利，孩子生下来也特别可爱，像一个洋娃娃。两口子请活佛给女儿取名泽仁曲西——长寿而幸福的人。他们希望女儿幸福一生,也相信这个女儿会给他们带来好运。

事实也是如此。自从有了曲西,家里就迎来转机:没有几年,他们两口子先后都当了干部,家庭也越来越幸福。

妻子早逝,葛松泽仁非常悲伤。抚养五个孩子,也成为他不可承受之重。大女儿早就没有读书了,曲西也不得不停学——因为学校远,更因为下面还有三个弟弟妹妹,姐姐一个人带不过来。

曲西一天天长大,样子越来越像阿妈。谁都知道,葛松家的二女儿,将来一定像她阿妈一样能干,也像她阿妈一样漂亮。

葛松暗想,将来一定要把女儿留在身边,还要亲自物色一个配得上她的女婿。

但是,妻子在世时,他们就答应过妻子的哥哥桑那其比,将来把曲西过继过去。

舅舅和舅妈家里条件优越。他们什么都不缺,就差一个孩子。因此,他们把美丽又勤快的曲西视为掌上明珠。

曲西喜欢和舅妈一起生活,但也想家,牵挂康公的阿爸和弟弟妹妹。

两股亲情,各有牵绊,似乎无法兼顾。

"我该怎么办啊?"快乐的曲西,有些时候,也免不了暗暗叹气。

4. 飘着花香的小院

　　曲西到街上来，偶尔可以碰到多吉。因为是老乡，如果是在路上相遇，他们总会停下来，问候几句，聊一聊他们的龚垭。如果隔得远，他们就会招招手，点点头，相视一笑，再各自走开。

　　她家其实离乡政府很近，出门，往左就可以望见。那是一个杨树和垂柳簇拥的院子。有风从那边吹过来的时候，可以闻到来自那里的花香。多吉闻到花香的时候，他常常产生错觉，以为花香来自那个叫曲西的姑娘。

　　乡干部们当然都知道那一家子。他们是本地数一数二的富裕之家，属于本地一个名门望族。这个家族不但出官员、干部，还出大喇嘛，比如著名的色加堪布活佛和后起之秀呷呷活佛。

　　生活在舅妈家里，曲西一点也不感觉局促，相反的，她感觉在这里如鱼得水。舅舅慈祥得像阿爸，而舅妈待她就像亲阿妈。阿妈死得早，她似乎在舅妈这里重新获得了母爱。

　　家底殷实，舅舅有工资，家里还请人养着好几头奶牛，肉、蛋、奶以及藏区稀缺的大米，在舅妈这里应有尽有。曲西觉得很幸福。她不但乖巧漂亮，更能干、懂事。一般的家务事，舅妈看到、想到的，都让她给做了。

一天,舅妈让曲西去竹庆寺,给呷呷活佛送牛奶和酸奶。呷呷活佛是舅妈的弟弟,曲西叫他呷呷舅舅。

出门的曲西照例被舅妈打扮得漂漂亮亮的,依然是一身华服,再挂上祖传的珠宝。穿戴好了,舅妈还将她的衣服拉伸,抚平,左看右看,才说:去吧,我的曲西已经长成一个大美女了。

曲西爱美,但她并不十分乐意随时穿得如此讲究。她不知道这一身要值三千块钱,但还是了解它的贵重。可舅妈说:我老了,穿什么也不漂亮了,所以啊,你不穿,谁穿?

舅妈不知道的是,曲西每次去竹庆寺,手提的篮子底下,还悄悄藏着平时穿的衣服。她到了竹庆寺,把牛奶给了呷呷舅舅,马上在背静处将身上的外衣脱了,叠好,换上悄悄带来的普通衣服。她把叠起来的衣服暂存在一个熟悉的老喇嘛那里,然后出门,戴上口罩,快步向山上走去。她上山是为了捡引火柴。那种细细的枯树枝,竹庆寺的喇嘛们早晨要用它引火,当地老百姓卖给他们三块钱一捆。曲西手脚快,一个早晨可以捡三捆,得九块钱。她把这些钱攒起来,回龚垭时或者阿爸过来时,就全部给他。

这是一个秘密。因为戴着口罩,没有谁认识她。舅妈直到去世,也没发现曲西这个"地下"活动。

接过曲西的钱,每次阿爸都几乎落泪。他更坚定了自己一贯的想法:懂事的女儿啊,阿爸一定要亲自为你选一个配得上你的小伙子。

多吉第一次登门，是八月的一个星期天，上午。

他是第一次看见这么漂亮的院落。外面绿树掩映，竹庆河水涛声如雷，也没有完全覆盖树上雀鸟的啁啾。院子格局为U形，正面双扇大门，两边厢房，正对的是正房。杜鹃、金露梅、波斯菊、龙胆、风铃草和绿绒蒿，高低错落，姹紫嫣红，铺满了除道路以外的整个院坝。多吉后来才知道，这些花卉，大都是曲西移栽的野花。

多吉走进院子，曲西停止劈柴，接下多吉带去的苹果和梨。舅妈看见多吉，眼睛一亮，放下正在缝的氆氇袍子，站起来，将多吉迎进客厅。客厅四壁、屋顶都装饰着木装板，挂着精美的唐卡。实木地板木纹精美，被曲西擦得一尘不染，光可鉴人，完全恢复了木质的本色。多吉坐的椅垫，是羊毛质地，有精美的彩色图案。

舅妈亲自沏茶，陪多吉说话。

多吉没有喝上几口，就抢着去帮曲西劈柴，然后又挑水，直到挑满水缸。

以后，多吉就成了白玛堪珠家的常客。因为之前已经听说过多吉，知道他人品好，长得帅，现在又看见他礼貌、勤快，来了就抢着干家里的重活脏活，慢慢地，舅妈把他喜欢得像亲侄儿一样。后来更进一步，她还给了多吉跟呷呷活佛一样的待遇——经常让曲西给他送去牛奶和酸奶。

曲西出门，还是一身华服，漂漂亮亮。她走在街上，自是一道引人注目的风景。

牧区的小镇，有许多牧人来来往往，尤其是年轻的小伙子们，他们头发纷乱，脸膛黝黑，挎着长长的藏刀，骑着骏马从牧场下来。他们肆无忌惮地唱歌、吆喝、吹口哨，呼啸而来，呼啸而去。见了漂亮姑娘，不管认识不认识，他们都可能去搭讪、招惹、挑逗。他们可能是玩笑，可能是恶作剧，也可能是出于爱慕。

走在街上的美女曲西，最容易成为小伙子们追逐的对象。他们给她唱歌，拦住她要给礼物，有的甚至尾随，一直跟踪到家里。

一天，到街上买东西的曲西又一次被人尾随。她非常害怕，急中生智，直接走进了乡政府，找到多吉。她满脸羞赧，吞吞吐吐，将自己一段时间来遇到的尴尬与害怕，全部告诉了老乡阿哥。

多吉带着曲西再走出乡政府时，刚才尾随的小伙子还在外面等着。多吉对他说，兄弟，我这个老乡妹妹还小，你们不能去招惹她，更不许欺负她！

多吉肯帮忙，人缘好，追逐曲西的小伙子大都认识他。他出面打了几次招呼，大家都听他的，再也没有人骚扰她了。

但是，他灭了别人的火，自己却被点燃了。他突然意识到，美丽能干的曲西，难道不是自己最理想的爱人吗？他反复自问，频繁地往她家跑，是不是因为已经被她吸引，甚至爱上她呢？在这里遇到她，也许是天意吧？

多吉继续在曲西家走动，比过去更加频繁了。白玛堪珠似乎也对他更加亲热，在鼓励他走近曲西。

终于，在次年春意渐浓的某日，多吉把曲西约到了竹庆河边。河水清澈见底，卵石洁白如玉，蝌蚪团团簇簇地在水边游动。河边杨柳已经是一片绿荫，临水处的水草也是郁郁葱葱。冬日里光秃秃的山上，现在也是绿茵茵的草缕绒绒。山上野桃花、野樱桃花已谢，河谷的苹果花一簇一簇盛开如雪。美景让人愉悦。还有布谷，这是藏人心目中的神鸟，象征着幸福和吉祥，它的声声啼叫，更撩拨得两个年轻人心潮汹涌。

那天，在河边的磐石上，曲西接过了多吉送给她的粉红衬衣和花手绢，也没有抽回被他握住的手。

从此，多吉几乎天天到曲西舅妈家。

每次到访，多吉总是先陪舅妈喝会儿茶，聊会儿天，然后带着曲西往外走。这时，白玛堪珠总是笑眯眯地看着他们出门，然后继续喝自己的茶。

竹庆河边是多吉和曲西的爱情圣地。那块光溜溜的磐石，是造物主为他们特别安放的爱情专座。在那里，他们总有说不完的话，也特别想唱歌。他给曲西唱《大约在冬季》《垄上行》和《我心中的玫瑰》，她给多吉唱《满山红叶似彩霞》《妹妹找哥泪花流》和《泉水叮咚响》。

当然，他们也唱藏族情歌和民谣。

曲西非常吃惊，多吉的歌居然唱得如此之好，好得完全可以登台演唱。

曲西高兴时情不自禁，往往跳起舞来。多吉蓦然发现，曲西跳舞无人可比。

她是天赋太好？还是接受过专业培训？

不久，多吉买了自行车。锃亮的二八圈凤凰自行车，风流倜傥的帅哥车子骑得潇洒，后座上一个妙龄美女揽腰而坐，小鸟依人。这一幅图景，让竹庆所有的年轻人羡慕不已。

热恋之中，有一天多吉去舅妈家，发现曲西不在。舅妈说，她阿爸刚刚来过，带她回龚垭了，会很快回来的。

但是，等了一个星期，等了半个月，等了一个月、两个月，曲西一直没有回来。

多吉急了，赶回龚垭去找她。他搭顺风车到德格，再骑车去康公。骑到不能再骑的地方，就将车寄放在路边的道班，再步行上山。他提着酒和糖果糕点，一路走，一路问，一直走到那个山坡上的美丽村寨，走进葛松泽仁家。

多吉突然找上门来，让曲西大吃一惊。她慌慌张张地，只和多吉打了个招呼，就匆匆出去了。

原来，曲西被阿爸叫回家，是因为家里牛马越来越多，青稞又熟了，忙不过来，她就暂留下来了。但是，她和多吉的事情阿爸并不知道，多吉突然登门，她怕阿爸不同意，怕阿爸赶走多吉。越想越怕，不敢面对，她只好逃离现场。

在邻居家里，她和闺蜜央金躲在一边紧张地窃窃私语，一边张开耳朵听隔壁动静。没有吵闹声，更没有亲切友好的谈话声。

怎么回事啊？曲西焦急，就派央金前往打探。

不负所望，央金带回了好消息——阿爸正招待多吉喝酥油茶，吃牛肉干，两个人说得眉开眼笑呢。

原来，阿爸看见多吉一表人才，落落大方，说话实在，很快就喜欢上了，完全忘记了要亲自给曲西找如意郎君的初衷。并且，他也知道多吉令人尊敬的父亲呷多老师，由彼及此，也给了多吉加持。于是，他愉快地接受了这个自己找上门的女婿。

阿爸恩准，意味着竹庆河边的爱情故事，结局再无悬念。

竹庆河边，是多吉工作的起点，更是他收获爱情的地方。

在他心目中，竹庆河，就是世界上最美丽最浪漫的一条小河啊。

第四章：梦 想 邮 车

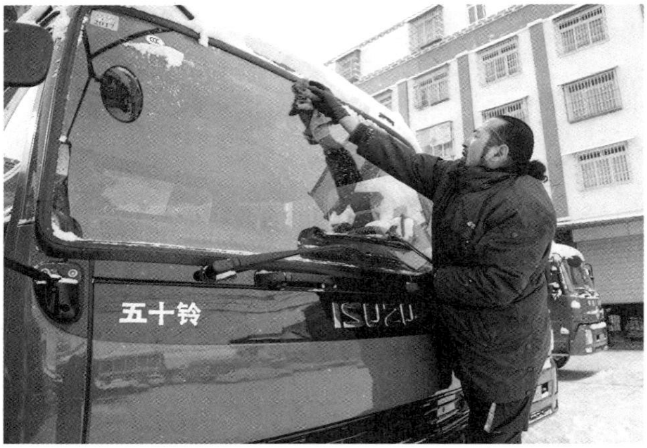
五十铃
ISUZU

1. 无师自通的司机

决定一个人人生走向的，往往是偶然。

冷不丁跳出来改变了你人生走向的，还可能是一个最微不足道的偶然事件。

其美多吉就是这样。

还是在竹庆，那是 1982 年的五一节，那时他刚刚参加工作，领到了第一个月的工资。

手上第一次有了一笔可以自由支配的"巨款"，多吉认真地做了一道关于理财的算术题：45 元（工资总额）–20 元（生活费）–15 元（孝敬父母）–7 元（给 7 个弟弟妹妹的礼物）=3 元（机动经费）。

三块钱，也不少了。他打算拿出其中一半犒赏自己，做一件早就想做的事情：买书，确切地说，是买连环画，他所说的图画书。

搭车到德格，直奔正街上的新华书店。自从有了阅读能力，新华书店就是他最向往的地方。店里各种各样的书，他只喜欢图画书。阿爸给的压岁钱、进城给家里买东西时悄悄积攒下来的零头，他都买了图画书。他买的全部是打仗题材的，比如《烈火金刚》《小兵张嘎》《渡江侦察记》《智取威虎山》等等。他也喜欢《三国演义》和《水浒传》，但是买全套的价格是一个天文数字，想也不敢想，他只能选最喜欢的某一集。他更多的是借，是和小伙伴交换，其中包括亚东。他们读图画书的爱好，一直持续到参加工作。

新华书店不大，就三节玻璃柜台。进门，他一眼就看见了《格萨尔王传》。因为囊中羞涩，上次没有买走，现在依然摆在原来的位置上。封面的格萨尔，装扮就像是唱藏戏的，但目光锐利，像在责备他为什么至今都不把他带回家，让他心里咯噔了一下。参加工作了，单位在竹庆乡，离城一百多公里，想逛书店更不容易。因此，他要在店里好好消磨一阵，享受这里带着书香的空气。改革开放了，新书增加了许多。新到的图画书就有《红楼梦》《封神榜》《陈景润》和《渡江侦察记》，还有外国的《悲惨世界》。尤其是电影版的《渡江侦察记》，让他心花怒放。

就在他心满意足，已经让营业员把《渡江侦察记》和《格萨尔王传》递到手上时，不经意中的一瞥，他在旁边的橱窗里看见了一本《汽车构造与修理》。他很好奇，也让营业员取给他，随便翻翻，先过一把干瘾吧。

当然不是图画书，而是一本专业培训教材，16开，由权威的国家部门组织编写。内容非常系统，从发动机、底盘、电气设备、总装到组织管理，都有详尽的讲解说明。除了深入浅出的文字，还有直观的图解，让人一目了然。站在柜台旁边，他居然一下子就看进去了，比图画书还让他心动。

"小伙子,你到底买不买啊?"营业员敲了敲他面前的柜台玻璃,"该关门了!"

"哦……好的,"多吉如梦方醒,"我……结账吧。"

但是,他马上纠结了——该买什么啊?

一边是他朝思暮想的图画书,付款后就是他的了,它们将伴他度过在竹庆的孤独时光,并且弟弟妹妹们还可以分享;一边是一本汽车修理工的培训教材,与他眼下的职业毫不沾边。而且,他准备用来买书的一元五角钱,至少可以买六本图画书,而《汽车构造与修理》,一本书就将用完他计划中的全部指标。

他成了一根绳子,两种性质完全不同的书,像是两组大力士在两边拔河。最后,还是跑在现实大地上的汽车占了上风。这个只读了一年初中的年轻人,翻开《汽车构造与修理》,感觉自己像是站到了一所学校的门口,他想跨进去看看。

一咬牙,他买下了这本迄今为止个人购书史上最昂贵的书。

这是一次嬗变——从此,他由图画书迷变为一个彻底的汽车迷。

汽车那复杂而神秘的内部,他通过一本书,不经意就钻了进去。

从车身、部件、零件到螺丝钉,他在纸上、在心里反复地拆解、分装和总装。发动机、底盘、电路……他不断默记各大部分的常见故障和解决办法。

他不断回忆坐车以来师傅们的开车步骤和动作,在脑海里虚拟的公路上,他发动,起步,加油,换挡,加速,减速,转弯,上坡，下坡……

一遍又一遍地阅读，一遍又一遍地"练车"。一年多的时间里，关于汽车的"纸上谈兵"，成为竹庆乡政府新来的"炊事员"其美多吉业余生活的主要部分。

一天，一个外地货车在竹庆街上抛锚了。心急火燎的司机，在众人的围观下，一身大汗，满脸油污，鼓捣了整整一个上午，车子就是打不着火，几近崩溃。午饭后，其美多吉挤进人丛，看了看，随口问了几个问题。司机不知道这个小伙子是何方神圣，但觉得他很专业，以为来了行家里手，终于等来了救星，他谦恭地把多吉让进了他的汽车。从来没有摸过车的多吉，居然被尊之以"师傅"之礼。

众目睽睽之下，其美多吉盛情难却，只好硬着头皮上。好在他对那本书已经滚瓜烂熟，就按照书上的讲解，从油路到电路一路检查。最后取下火花塞，才发现里面浸了太多的油。他把它擦拭净，烤干，让司机坐上驾驶室，试着配合他的摇把子，一下子就点着火了。多吉如释重负，司机更是千恩万谢，硬塞给他一条烟才罢休。

竹庆街头"首秀"的成功，成为多吉的活广告。

接下来，类似的事情重复发生，他作为"修车师傅"的名声不胫而走。于是，这一带的车子，有了毛病都找上门来。

修车时，他总是自己一个人打理，让司机休息。车修好，他就坐上驾驶座，发动汽车，从一挡开始，在坝子里慢慢转圈。多开几次，渐渐熟悉了操作，也摸透了车子的脾气。

竹庆贸易公司的五个职工合股买了一辆旧解放，雇了一个司机跑运输。但是没多久，司机嫌工资低，屁股一拍走人了。于是车主们只好请多吉"师傅"帮忙跑车。车是旧的，挂挡配合不好，开起来嘎嘎响。多吉接过车，试着上路，谨慎驾驶。几次长途跑下来，车子磨合好了，一个货真价实的司机也练成了。

1984年初，多吉终于有了自己的货车。这是一辆花六千五百元买来的很破旧的二手车。

那时，他名义上是炊事员，实际干的都是打杂的差事。有时没事干，让总想做事的其美多吉闲得发慌。买个车，过过车瘾，打发时间，也瞅空子挣点钱——他即将结婚，龚垭老家和他未来的小家庭，都需要钱。

然而，车实在太破了，经常出问题，往往是挣了五六百，修车换配件花出去八九百。没几个月，钱没有挣到手，反而负债一万多。

一段时间内，其美多吉家每天总有几个人找上门来。外人以为他朋友多，人气旺，其实那是债主讨债来了。多的两三千，少的三四百，都是因为修车欠下的。

为了止损，备感压力的多吉将车认真修了修，卖掉了。

因为还是想开车，因为缺钱，他很快又买了一辆车。依然是解放，依然是旧车，价钱还便宜了两千元，只是比刚刚卖出去的车更破——它是昌都运输公司卖出的报废车。不过，这辆车看似周身补丁，但底盘还好，发动机也有劲，车况总的说来还将就。他用这车跑短途运输，也经常拉当地老乡去拉萨朝圣——一个村二三十个人结伴，自带糌粑，包车去拉萨，是当时的潮流。

他终于挣到钱了。不到一年时间，还清借贷，他重新回到了无债一身轻的状态。

上世纪八十年代中后期，那是他最潇洒的一段日子。新婚燕尔，美丽的新娘子泽仁曲西楚楚动人。二人夫唱妇随，幸福至极。

他家依然宾客盈门，但来的已经不是债主，而是玩伴。他们是追随慷慨的主人而来。在多吉家里，他们喝着小香槟、甜酒和啤酒，伴着四喇叭收录机的音乐节拍，唱歌、跳舞直至深夜，消磨高原小镇的寂寞时光，也挥洒着精力过剩的青春。

2. 第一辆邮车

开着自己可以挣钱的货车,其美多吉并没有忘记邮车。

在德格邮电局院里,恰恰有一辆邮车虚位以待,已经有些时日了。

德格在四川邮政格局中有着特殊的地位。因为,它处于川藏线四川段的最后一站,是重要的转口局。1988年,由四川省邮电局出资,准备在德格邮电局建一座综合性的邮电大楼,于是州局给德格调配了一辆工作用车。虽然只是一辆天津产的厢式货车,但它毕竟漆上了邮政绿,印着邮政标志,是德格第一辆真正的邮车。

一辆珍稀的邮车,需要一个配得上它的人来开。因此,几个月过去,跨入了1989,那个理想的邮车司机还没有出现。局长周富荣找人一合计,决定以公招和遴选相结合的方式招驾驶员。大家放开视野,将全县已经知道的年轻司机反复搜索,最后,聚焦到其美多吉身上。

因为他能开能修,在德格已经有相当名气,这是一种很稀缺的人才。

晚上,周局长回家,想起夫人正是龚垭人,就问:"你知道其美多吉吗？"

"其美多吉？呷多老师的老大嘛。那一家人，村里没有不说好的。"

"小伙子人品如何啊？"

"人品？我给你讲一件事吧。去年夏天，他专门把村里乡亲拉去甘孜耍坝子。到雀儿山，一个外地人的车爆胎打横，好多车堵在山上。为了尽快恢复通车，其美多吉把自己的备胎送给了那个素不相识的人，还帮他换上。最后，他还把村里的小伙子从车上喊下来，一起将那辆车推过结冰的那段陡坡！这样的人，你说人品会差吗？"

周富荣有数了。他把其美多吉找来，征求意见。

"想调你来局里开邮车，你愿意吗？"

"愿意。"

"这个工作很辛苦哦。"

"我不怕苦。"

"听说你有自己的车，收入不错。但是我们属于央企，管理非常严格……"

"只要是开邮车，怎么都行。至于我那辆破车，我马上把它处理了。"

周局长还不放心，自己坐到邮车副驾座位，让其美多吉把车开出去。是骡子是马，他要亲自遛一遛。

车出局机关，上川藏公路，直奔龚垭。启动，加速，减速，转弯，错车，小伙子动作娴熟，非常流畅，车子行驶也轻快而平稳。周富荣开始还保持"考官"的一脸严肃，渐渐地，他无法藏掖内心的满意和喜悦。人还在路上，他已经迫不及待地表了态，欢迎其美多吉来邮电局工作。

那是其美多吉这一辈子最愉快的一段车程。因为这是他第一次开一辆崭新的车，也是第一次开邮车。他没有算经济上的得失，他只在心里为自己梦想成真而欢呼！

车到龚垭村里，他直接把车开到家门口。他响亮地按了几声喇叭，向闻讯出来的阿爸、阿妈和弟弟妹妹大声宣布："我开邮车啦！"

正式上岗前，周富荣亲自安排，对其美多吉进行了严格的培训。他亲自给他讲解人民邮电的宗旨，讲邮电的"八字方针"，讲本局的规章制度。

他还特别要求这个新来的邮车司机，要深刻理解车门上那个邮政标志——绿色象征着和平、青春、茂盛和繁荣；圆形图案中的金色五角星，"邮电"二字组成中间两角，三个"人"字组成上下三个角，它们突出了"人民邮电"的根本属性；五角星的大红底色是国旗的颜色，代表着国家。

其美多吉从小就喜欢邮政绿，喜欢这个有点像军徽的标志。他一遍遍端详，凝视，直到把这个标志牢牢记住，熟悉到可以默画下来。不完全是执行局长要求，他更多的是为自己的新身份自豪，感到自己的人生理想与当下的工作，是多么的契合啊。

德格地广人稀。全县五个工委，二十六个乡镇，八万多人，散布在幅员11025平方公里的高原上，平均海拔4200米。邮电局不但与西藏昌都互通，还要承担全县范围内党政军机关和全县农牧区的普遍服务。最远的乡镇温拖在雅砻江边，与县城的距离超过三百公里。

那时还是邮电一家。电话线路经常会因为塌方、电杆被偷砍而中断。为了恢复畅通，必须立即抢修。

平时，邮件都由州里的邮车顺带，再由马班和自行车投递。但是一遇大雪封山，就需要自己转接，人拉肩扛。

秋冬是报刊大征订的季节。尤其党报党刊的征订，是邮政最重要的年度任务之一，局里会将所有职工安排下去，两人一组，各自完成相应的任务。

德格山高路险，常年有冰雪、泥石流等灾害造成交通瘫痪。如果获悉有省内外的邮车堵在路上，就要从德格送饭——烧饼、凉菜以及装在暖瓶里的开水和酥油茶。如果发生车祸，更要迅速出发救援。

因为开上了邮车，其美多吉无处不在；因为他眼里有活，总是抢着做事，似乎无所不能；因为力气大，干活一个顶俩，甚至更多。原本是专职的司机，却干了许多救援的事，开车反倒成为他顺带的事情。

人们很快发现，其美多吉还是协调指挥的天才。大雪封山，或者车祸现场，他总是愿意出头，以高超的技术和丰富的经验为底气，用他真诚的微笑和超常的耐心，让大家配合，让堵死的路重新活起来。

他是局里唯一的邮车司机，必然也要参与接待各方来客。

没有多久，他就是局里拥有朋友最多的人。

吕幸福，就是他最好的朋友之一。

吕幸福是甘孜州邮电局邮政科副科长。他高高的个子，微微卷曲的头发，英俊的脸庞，工作时是出色的业务骨干，下班后是骁勇的篮球运动员。那时候，谁都知道，风华正茂的吕幸福前途无量。他经常出差，也常去德格，到德格必然要和其美多吉在一起。其美多吉到康定，也一定会找吕幸福，因为工作，也因为感情——他们是老庚（同龄好友）。

那天，吕幸福随州局领导到德格检查工作，途中，因为低温、严寒，不慎感冒了。感冒，内地的寻常小事，但在高原上却是很严重的问题，因为感冒很容易引发肺水肿，危及生命。这已经是常识。为了工作，吕幸福带着感冒，坚持着。但是，在翻越了海拔5050米的雀儿山垭口之后，感冒成为导火线，引发了高原性肺水肿。而当时的德格，还没有解决肺水肿的条件。这个病，要想死里逃生，唯有向低海拔地方转移。但是，出入德格，所有方向都是四千米以上的大山。这种时候，一上高山，必死无疑。

生命危在旦夕，却束手无策，只能坐以待毙。

其美多吉的内心，比吕幸福本人还要绝望。他只能眼睁睁地看着一个美好而活蹦乱跳的生命，迅速地凋谢。

一天多时间，多吉看见了三个迥然不同的吕幸福。

乍一见面，吕幸福说："兄弟，我这次不想喝酒，你要保护我。"说罢，和多吉使劲握了一下，这是老庚之间的默契。那时，多吉还没有看出有任何异样。

凌晨，吕幸福的肺水肿越来越严重，呼吸越来越困难。"兄弟，我……好想，咬你一口。"他抓住多吉的手紧紧不放。多吉故作轻松地笑笑，没有当真。

早晨，他出现明显的脑部缺氧，脑子越来越不清醒了，但还是抓着多吉的手。

"求求你了，兄弟，让我咬……咬一口。"他的声音微弱了许多。

多吉挽起袖子，毫不犹豫地把手臂伸到老庚嘴边。

他真的咬了一口，手臂上留下了清晰的咬痕。

"没……没劲了，我……咬、咬不动了……"这是吕幸福留下的最后一句话。

其美多吉最后一次看见的吕幸福，已经被白布裹了起来，抬上阿泽仁开的那辆邮车。回康定的路漫长，途中多陡坡急弯，有的路段还很颠簸，为了他在这个世界上最后一段旅程走得平稳，大家只得用铁丝将他固定在邮车上。

那天，天降大雪。雪花奇大，像是老天爷在撒龙达。其美多吉泪流满面，看着邮车远去，任雪花落满双肩。

那一刻，他痛彻心扉。他深感生命的珍贵和脆弱，也深感高原邮政的崇高和艰难。

一个咬痕，像一个清晰的邮戳，永远钤印在他的记忆里。

3. 第二辆邮车

德格仅有的一辆邮车，像是其美多吉的替身，另外一种生命形态。冰天雪地，风尘仆仆，邮车频频出现在德格各地，邮车在哪里，人们就知道其美多吉在哪里。

一年四季，人们总是看见邮车在奔驰，其美多吉总是在忙碌，总是在微笑。

但是，没有人发现，他有时也走神——每当见到甘孜的邮车过来的时候。

此邮车非彼邮车。

1954年12月15日，随着川藏公路的开通，两辆崭新的邮车，满载着祖国内地发往西藏的数万件邮件，从成都出发，经康定、甘孜、德格直奔拉萨。川藏干线汽车邮路的历史大幕，由此拉开。

德格是通达西藏的转口站，而地处甘孜州中心部位的甘孜，则是川藏线上重要的枢纽站，辐射了包括德格在内的整个康北，覆盖了半个甘孜州。因此，甘孜州邮政局的两个邮运车队，一个留康定，另一个就驻甘孜。

其美多吉去过甘孜县邮政局，大院里整整齐齐排列着十来辆绿色邮车，清一色的东风大卡。这些庞然大物，才是货真价

甘孜邮路示意图

实的邮车啊。这里的司机们，驾着邮车在康巴高原上风驰电掣，简直是威风八面。其实，他小时候见到就忍不住挥手的邮车，就是这样的大邮车。那时候，谁认识一个邮车司机，比认识一个县里的大官还牛！

对于一个从小就热衷于汽车的人来说，能够开大邮车的人，才是最幸福的人。而自己开的这辆车，用的是北京212底盘，与甘孜局那些车相比，块头实在太小了！

他打听过，甘孜那边正缺人手。不过,他知道德格也需要他，周富荣也器重他，他没有任何理由离开德格，也说不出口。

机会终于来了。临近1998年末，邮政和电信分家，职工也将分流。像其美多吉这样的年轻的多面手，成为争抢的对象。

其美多吉找到留在邮政当局长的周富荣。

"局长，请您给甘孜那边推荐一下，我想调过去。"

"什么？我不明白你的意思。"周富荣从办公桌上的一堆文件报表里抬起头来，困惑地看着自己最喜欢的这个部下。

多吉又把刚才的意思重复了一遍。

"我无法理解你的想法。你的理由是什么？"

"我想开大车，到那边当专业驾驶员。"

"就这个理由？"

"那就加一条吧，我太想跑长途邮路了。"

"甘孜的邮车跑的都是雪线邮路，非常危险，你知道吗？"

"知道。"

"每天起早贪黑，还可能经常堵在山上，挨饿受冻，你知道吗？"

"知道。"

"既然知道，为什么还想过去？"

"只要能够开邮车，我什么都可以接受。"

周富荣无话可说了。他明白，其美多吉的心思在邮路上，在驾驶室。他就像一个战士渴望战斗一样渴望驾着邮车驰骋。他当即拿起桌上的电话，向甘孜县邮政局长生龙降措推荐了自己的爱将。

生龙降措本人就是开邮车出身，以管理严厉著称。虽然早就知道其美多吉，内心满心欢迎他来，但是按照"逢进必考"的原则，他决定还是要考考他。他不但亲自设计了很刁钻的考题，而且亲自主持考试。

一是考技能，包括路考和桩考。生龙降措坐在副驾，仔细观察多吉开车。车从局里开出，上川藏公路。德格方向有一个380坡道，通过上坡下坡，看多吉的换挡、制动，看他弯道上如何取角度。车上有一个搪瓷缸子，怕盖子掉下来，就用一截细绳子系着。生龙降措在缸子里装了开水，盖上盖子，放在底板上——他要看里面的开水会不会洒出来，用以测试多吉转弯的质量和水平。

桩考时，指定多吉将邮车从甲库移到乙库，他在下面看多吉倒车的精准程度。

这些对多吉而言，其实比较小儿科。真正考验他水平的，还是排除故障。

生龙降措有意设置障碍，比如将化油器的油针松动，拿掉分电器白金的间隙，松开传动轴螺丝，以造成不上油、颤抖、异响等问题。

多吉把一本《汽车构造与修理》读得滚瓜烂熟，帮人修车无数，所以局长的试题对他而言也没有什么难度。

考试一一过关，让人心服口服之后，大喜过望的生龙降措正式把其美多吉招至麾下。

如愿以偿，其美多吉在1999年初正式成为甘孜邮车队的一员。他接手的车是一辆东风EQ1092，长头卡车，载重五吨。虽然是旧车，但是保养极好，内饰整洁如新。打燃火，发动机也像新车一样强劲。全景玻璃提供了开阔的视野。仪表台造型别

致，特别是灯光雨刮组合开关，在夜里很醒目，有灯火辉煌般的效果而不刺眼。油门一轰，车子迅速做出反应，跑上川藏公路，就像当年骑着自家的枣红马在纵马狂奔。那种霸气，那种驾驭的快感，岂是原来的厢式小货车可比的？

甘孜的邮件由康定运来，再由甘孜的邮车运往各县。甘孜各条邮路中，最重要的当然是德格一线，因为去德格的邮件，三分之二都将由西藏邮车接走。

甘孜通往各县的邮路，都有终年积雪难以穿越的大山横亘中途。最高最险的就是雀儿山了。其美多吉自告奋勇跑的甘孜—德格邮路，因为有必经之地的雀儿山，便成为甘孜县、甘孜州、四川省甚至是全国最高、最险的一段干线邮路。

年初，正是一年中最冷的季节，康巴高原千里冰封，万里雪飘。早晨六点,这是邮车准备出发的时间,也是一天里最冷的时刻,气温在零下 30℃左右。这样严寒的环境,车子用的负 10 号柴油也会冻住。其美多吉事先已经充分研究了这辆车,做足了功课。他举着喷灯钻进车底,趴在雪地上烤车。先烤热油管,再烤油底壳。差不多了,再双手使劲,用摇柄驱动油轴,慢慢转动十几分钟,让机油均匀受热,变稀。接着,还要烤热牙箱和牙包,把昨晚放空的水箱灌上热水。所有的流程走完,已经折腾了差不多两小时。

上车,打火,启动车子。车子出了大院,上解放街,再转川藏路,很快就到了雅砻江边。这时,邮车已经在川藏公路上以正常速度行驶了。

大地还在沉睡,村庄里稀疏的灯火流星一样划过。呷拉、生康、卡攻、玉隆拉揸、马尼干戈……沿途大大小小的地方,多吉到甘孜工作以前就跑过无数次,路线在他脑海里比沙盘还要清晰,还要立体。从今往后,他就要驾着心爱的邮车,天天都要在这条路上跑了。

雪花开始飘落,车内供暖效果不佳。多吉身上穿着飞行员那样的毛皮大衣、皮裤和皮靴,厚实,暖和,里面还有妻子亲手织的纯羊毛的毛衣、毛裤和毛袜。妻子还准备了足够的开水、糌粑和牛肉干。作为一个邮车驾驶员,他觉得自己已经武装到了牙齿。面对逐渐隆起的海拔高度,他愉快地喊了一声:

"雀儿山,我来了!"

第五章：爱恨雀儿山

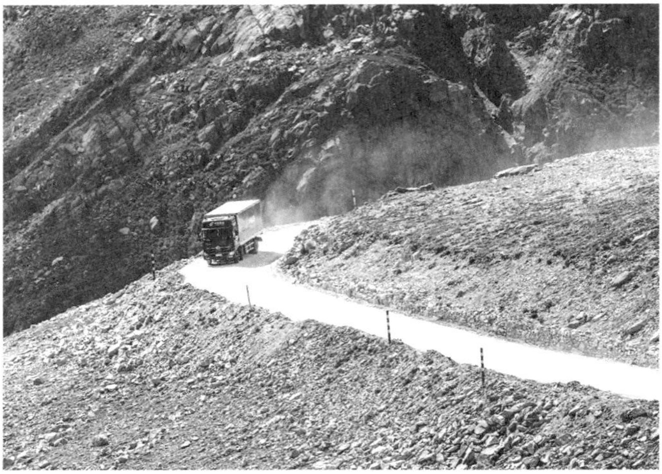

1. 海拔高度和精神高度

在康巴高原，川藏线上，雀儿山将被人无数次说起。

人们为它的雄伟和高峻搜尽溢美之词，也为它的凶险和艰难紧张得双腿打战；既仰望它，尊它为圣洁的神山，祈求它的护佑；也诅咒它，视之为收命的魔鬼，唯恐避之不及。

泸定县一位公安局长，身体运动员一样健壮，到德格办案，却因为严重的高原反应，没有活着翻过雀儿山。

一辆昌都的大客车在雀儿山遭遇雪崩，等救援力量赶到，将车从雪里扒出来时，全车人已经不幸遇难。

路过的卧铺车，隔些时候，总听说有人在这里长眠不醒，其中有老人、儿童、中年援藏干部，也有花季少女。

当然，还有我们已经知道的马霄和吕幸福。

是的，雀儿山令人揪心的往事实在太多，太多。

垭口，海拔5050米。雀儿山这个危险的高度，其美多吉和他的邮车兄弟们，却要天天面对，并以此为业。

在这个高度上，其美多吉已经有了一个标杆，那就是生龙降措，调他进甘孜的县邮政局长。生龙降措也曾经开邮车跑雪线邮路，长期和雀儿山打交道，几乎每一天都在演绎非凡的历险故事。

生龙降措身上流淌着藏汉两个民族的血。

爷爷曾经是首任西康中学校长,奶奶是雅江著名家族的千金。外公是成都人,外婆则是炉霍藏族。所以,他的父母从小就可以说流利的汉话,阿妈还因此成为18军的翻译。

平叛期间,有一次阿妈和战友们被叛匪包围在一座寺庙里。断水以后,她自告奋勇,悄悄出去为大家找水。当她提着一桶水返回寺庙时,敌人发现了,追过来,疯狂向她开枪。她穿着藏袍,跑不动,依然毫不畏惧,提着水桶疾走,如有神助。手中提的水桶被子弹击穿,她却在敌人追上之前毫发无损地回到了战友身边。多亏了提回去的那半桶水,让他们终于坚持到援军的到来。

对生龙降措说起这些往事时,阿妈很平静,就像在说别人的故事。

"雀儿山再凶险,也没有拿枪的敌人可怕。"生龙降措经常说。

在其美多吉调到甘孜之前,他就听说过不少生龙降措的故事。最广为人知的故事,发生在"鬼招手"。

又是鬼招手!这个令人毛骨悚然的地名,在川藏线上有着很高的知名度。那天,生龙降措开着一辆解放牌邮车,满载着邮件,从甘孜去德格。也是大雪的天气,也是结冰的路面,他一路开得很谨慎。到了鬼招手,他就更加小心翼翼了。凶险的鬼招手路段,险中之险是"老一挡"。这段路不长,仅仅三十来米,却是雀儿山最陡的一段,卡车只有挂一挡才爬得上那一面坡。

它也是最窄的一段，仅容一辆车通过。

行车到鬼招手，老一挡即将到来。生龙降措轻点刹车，让速度慢下来，再慢下来。他努力让车速尽量与路滑的系数匹配，徐徐下行，平稳过渡到下一路段。

但是，冰太厚，路太滑，滑得几乎将防滑链的摩擦力抵消。就在他的车在老一挡行程即将过半时，最不该发生的事情出现了：下面来了一辆卡车，也进入了老一挡，并且满满当当地载着人！两车距离越来越近，近得可以看清车上乘客一张张惊恐的脸。

"完了！"副驾上的押运员翁须泽仁慌张地叫了一声。

生龙降措寒毛直竖。但是，他努力控制自己，让自己在瞬间冷静下来。狭路相逢，对撞似乎不可避免。如果是这样，来车连同二三十个人，必然会被撞下悬崖，所有的人都不可能生还。

唯一救人与自救的方法，就是他在相撞之前刹住车。但是，靠汽车的机械制动已经毫无可能。如果刹车，汽车失控，依然会与来车撞到一起，结果还是双双坠下深渊。

千钧一发之际，他找到了让车停住的唯一办法——悬崖里侧，有一块小桌面大小凸出的石头，他可以用车轮去挂，强制让车子停下来。

生龙降措对准那块石头，将车子靠上去。听到嘭的一声巨响，随着猛烈的震动、摇晃、急转，汽车终于停了下来，横在路上。

与此同时，他清晰地听见啪啪两声脆响，他的左手，像是被更强悍有力的另外一只手狠狠击打了一下，感觉到一阵强烈的酥麻。

不经意看了看自己手臂，才发现左臂已断，骨头将皮肉帐篷一样顶起老高。

翁须泽仁这时镇定下来。平叛那些年，他在甘孜军分区藏民团当过兵，学过急救，受伤流血也见得多了。他看了生龙降措的伤势，让他转过头去，然后抓住他的断臂，使劲一摇，咔嚓一声将骨头复位，压住，再把擦车的帕子撕成布条充当绷带，将手臂捆扎起来。这时，两个人下车去，才知道情况有多么的悬——车子前一半搁在路上，车屁股已经悬在悬崖边。后轮如果再出去几厘米，就可能坠下深渊，车毁人亡！

刚才，命悬一线，现在，又绝处逢生，化险为夷。二人就地撒了龙达，谢天谢地，更谢山神。

惊魂甫定，生龙降措将左臂吊在脖子上，用右手握方向盘，慢慢移动，掉转车头，回归正道，又继续慢慢下山。车到德格，才打电话请甘孜来人接替开车。

下午，卸了邮件，甘孜那边却一时派不出过来顶替的驾驶员。

"这怎么办啊？"生龙降措急了。

"等呗。"搭档说。

"邮班不就停了吗？"

"那又能怎么样啊？你的伤这么重。"

"不行！我们得慢慢开回去！邮班怎么能停啊。"

生龙降措决定了，谁也拦不住，说走就走。

那是多么不可思议的一段行程啊。

生龙降措脖子上吊着的左臂已经肿得像一根超级面包,而当时的老解放的方向盘还没有助力,很重。他一只手开车,平直的路上尚可,但是一遇弯道,只能请不会开车的翁须泽仁和他合力扳动方向盘,临时增加助力。就这样,他们居然再上雀儿山,再过鬼招手,安全行驶一百八十公里,将邮车开回了甘孜。

其美多吉很快就知道,在甘孜邮运车队,每一个司机无不历险,他们都有让人落泪的故事。

英雄无名,其美多吉深为自己能够跻身于这个无名英雄组成的团队而自豪。每当穿越雀儿山,车到鬼招手,他都情不自禁地将车速一降再降,看看那个救命的石头,在想象中回放生龙降措那个惊心动魄的生死瞬间。

崖下的石头在他心上一蹭而过。一番砥砺,火花四溅。

2. 后视镜里那个窈窕的身影

又一次出车，又是一个飘雪的早晨。

其美多吉依然是六点钟准时来到停车场，然后按他的流程做完出车的所有准备。

汽车启动了，车轮徐徐滚动。放下车窗，他向车外的妻子泽仁曲西挥挥手，加速，将汽车驶出邮政局大门。他忍不住看了看右侧的后视镜。镜子里，那个窈窕的身影落在了汽车后面，但还是锲而不舍，迈开大步，努力追随。

这一幕，天天在这里上演。

他眼里一热：唉，她也辛苦呀。藏族的男人几乎都是不管家务的，他也是。连两个儿子出生的时候他都在邮车上。现在，儿子们都上学了，家务、孩子全靠她一个人操持。

每天早晨，他五点半准时起床，曲西早起来了。他洗漱结束，热腾腾的包子、糌粑和酥油茶已经端上桌子。包子是昨晚就做好的，现在只是热一热。包子馅是牛肉加葱，糌粑里揉进了奶渣、酥油和白糖，酥油茶里的酥油和奶放得很重，很浓稠。这三样东西，不仅口感好，还营养丰富，经饿，也暖身子。不但肚子饱了，车上的皮囊里还另有干粮，暖瓶里也灌了开水。

妻子泽仁曲西为其美多吉送行　（周兵 摄）

物质准备万无一失，另外还有妻子的牵挂加持。这样，路上不管多么艰难多么凶险，他都底气十足，无所畏惧。

其实，在停车场给出车的老公送行的女人，并不只泽仁曲西一个。所有邮车司机，他们的妻子都会在出车的早晨给自己的老公送行。

这项活动是局长生龙降措倡议的，已经在甘孜县的邮车队持续多年。

邮车司机出身的生龙降措，最能感受到司机们常年在雪线邮路上奔波的辛苦和危险。他们特别需要勇气，需要强大的精神力量的支撑——关于这些，来自家属的体贴和温暖至关重要。

在生龙加措的司机生涯里，最让他难忘的经历，除了在鬼招手的那次让他断臂的避让，再就是在卓达拉山的绝地求生了。

那也是春夏之交，卓达拉山发生了一次雪崩。其实，雪崩体只堵了公路的五十米，但是，附近没有道班，交通瘫痪，前后也没有车辆。他们不能离开邮车，也不能坐以待毙，只能自救。生龙加措和押运员意加，二人用铁锹和铁皮桶拼命挖雪，挖开一两米，汽车立刻前进一两米。户外的气温在零下三四十度，坚持不了了，就上车坐一会儿。汽车的燃油有限，断断续续地启动发动机，也经不起持久的消耗。为了不被冻死，必须取暖。寸草不生的高山雪地，他们只能在车上打主意。先烧备胎，再拆后挡板，最后拆左右挡板。总之，野外求生，一切都可以烧，但一个铁打的底线就是，必须保证邮件尤其是党政机关机要文件的安全。他们不断地挖，不断地烧。车厢板拆光了，就将机要文件背在身上，邮件用篷布盖严，扎牢，继续挖雪不止。三天两夜之后，就在最后一块车厢板即将燃尽、两个人的体能消耗也到了极限之时，他们终于打通了道路，用车里的余油将车开往目的地。

身陷绝境而没有崩溃，没有放弃。支撑他们的，是家，是亲人，是从那里散发出来的光明和温暖。

后来，当了局长的生龙降措，将抓安全作为他的第一要务。经历了一次又一次的惊险，他绝不诅咒雀儿山，而是把它称作"福山"。雀儿山之"福"，就在于它的凶险。因为凶险，让人望而生畏，才不敢莽撞冒失，不敢有一丝一毫的疏忽大意，这样反而会少犯错误，收获安全之福。

他想，抓安全，还不能仅仅着眼于行车过程。如果夫妻恩爱，家庭温暖，一个人心里就有了牵挂，就知道生命不仅属于个人，还属于他的亲人，他的家庭，最危险的时刻就有了活下去的信心、勇气和力量。这样一想，让妻子为开邮车的丈夫送行的灵感就来了。他一提出，立刻就得到了所有邮车司机和家属的热烈响应。

但是，对泽仁曲西而言，她早晨做的，不仅是为响应号召，更是出自内心深处的强烈冲动。

丈夫的车子早就消失在解放街的拐角处，但是他告别的眼神还在眼前浮现。甚至，他上车前伸手为她捋头发的触感，依然清晰。丈夫远去了，但是，再远也走不出她的牵挂。

解放街头，她转身下行，再右转，进小巷。巷子不深，两边挤满商铺，卖的都是佛堂、寺庙的各种用品，一直生意火爆。虽然天才蒙蒙亮，人已经不少了。泽仁曲西目不斜视，无视穿梭的人群，无视店铺老板们期待甚至讨好的目光，径直向寺庙走来。到了小巷尽头，寺庙旁边，她看见一个乞讨的断腿残疾人。她摸出事先准备好的零钞，弯腰放在他铺在地上的报纸上，才走向庙门。

这是甘孜县最古老的寺庙，寺名德贡布，地位极高。它建于宋元更替之际，距今已有七百多年了。据说第三代活佛是一位汉人，曾经对建筑风格进行过一些更改，所以又叫汉人寺。每天送走其美多吉以后，泽仁曲西必然来这里，雷打不动。

天色越来越亮，寺庙门前的六个熟铜大经筒在初露的曙光里闪耀着金子般的光芒。她用力让它们依次转了起来。接下来是环绕寺庙的小经筒，一个一个，一共一百三十七个。也许时间还早，就她一个人在转经。阳光把她长长的影子投射在经筒上面，让她看上去多少有些梦幻。她依然一丝不苟地用力推转经筒。经筒旋转不息，就像是一条传送带。她坚信，经由它们，她的心愿一定能够传送到她想要送达的地方。

雀儿山，让她爱恨交加。丈夫多吉天天要经过，她因爱屋及乌而爱它，却又恨它带给人们的危险。

她曾经专门跟过丈夫的邮车，有太多的地方让她心惊肉跳。但是，她对此无能为力。她能做的，就是使劲地爱他，照顾好他。再就是希望菩萨能够帮到她，保佑她的丈夫。

每天在德贡布，她要转经筒，要念平安经，要点酥油灯，还要朝功德箱里捐一块钱。逢五、十和月末，还要加倍。即使她外出，人在外地，也要拜托好姐妹代她完成，她才心安。

德贡布只是泽仁曲西要敬的四个寺庙之一。

丈夫并不知道，妻子一年要在这方面花多少钱。

她坚信，她的努力，绝不会白费。

3. 五道班

听到门外汽车喇叭响，曾双全就知道是其美多吉来了。

两声喇叭，短促，急凑。这是另一种语言，只属于其美多吉。通过喇叭声，曾双全能够辨析出门外是哪一位邮车师傅。一声、两声或者三声，长短、轻重还有间隔时间等，每个人都有自己的习惯。

曾双全开门，逼人的寒气带着雪花灌了进来。多吉已经从车上下来，提着一个塑料口袋，一个纸盒。不说也知道，他给曾双全捎来了蔬菜和推土机配件。

道班的人都在，看样子他们在议事。多吉发了一圈烟，彼此嘘寒问暖。接下来，给自己的茶杯续些水，问清他们下次需要代办的事项，就结束了这次造访。他刚出门，曾双全又急忙追上去，递给他一个小包。多吉用手捏了捏，知道这是原先贴在门上窗户上晾干的那些鱼尾巴。干鱼尾巴是一种偏方，用它点燃，熏眼睛，可治雪盲。天天在雪地上跑，银光闪闪，炫人眼目，邮车司机几乎没有不得雪盲的，包括其美多吉。前些天，曾双全发现多吉眼睛刺痛，流泪，就记住了。

汽车马达由近而远，消失在茫茫雪原。现在临近年关，雀儿山的过往车辆日渐稀落。再过两天,可能只剩下邮车了。冬天,没有车的雀儿山,死一般寂静。没有溪流,没有草木,没有飞鸟,没有牛羊,没有老鼠,没有苍蝇蚊子,更没有路人。在活动的,唯有飘飞的雪和呼啸的风。其美多吉这样的司机才知道,在靠近雀儿山垭口的地方,山包上有一排土砖房,是五道班驻地。房顶若有若无的青烟,以及偶尔进出的工人,是雀儿山顶唯一可见的生命迹象。

五道班是雀儿山顶唯一的道班,也是地球上最高的道班。

这是一个英雄的集体,曾经出过两个全国人大代表、两个全国劳模、十几个部省先进和劳模。陈德华(扎西降措)、曾双全就是其中的代表。

这里年平均温度只有零下18℃,空气的含氧量只有平原的一半,风大得几乎可以把人刮跑。他们负责的路段,极易发生雪崩的就有三处,近五公里;经常发生泥石流的有六处,两公里多长。这里长年冰天雪地。对付冰雪的利器是推土机。但是,开推土机也是个很艰险的活。这里,几乎每次用车都需要用炭火烤化机油和柴油,给水箱灌热水,光是这样的准备工作就需要两个半小时以上。

五道班是一个国营的正规单位,班长曾双全就是由红头文件所任命。但一个单位本应匹配的诸如电话、办公室、会议室、食堂等,一概没有。甚至还没有电,唯一的水源是冰雪,无边无际,取之不尽。凿冰取水,煮饭也难。山上气压低,水烧到七十多度就开了,浇在手上也只是皮肤发红而已,想烫伤都难。

因为条件所限，五道班的职工在生活上只有各自为政，解决自己最简单的生存需求。康巴高原上，即使在县城，蔬菜品种也很少，价格也贵。自己下山采购，一次要买几百上千的粮油蔬菜。山上常年冰天雪地，最低气温可以突破零下40℃。土豆萝卜，冻得比石头还硬。很多时候，蔬菜都是吃一半坏掉一半。冬天大雪封山，事故多发，顾不上做饭，就吃干粮。有一年，他们连续吃了半年干粮。

后来雀儿山隧道开通，我见到已经离开雀儿山的曾双全，说起干粮，他就连连摇头。

"莫说干粮了。什么饼干、萨其马、面包、蛋糕，想起就发呕。"

那天，曾双全开着推土机在路上铲雪。累了，也饿了，就在推土机上坐着吃饼干。最后，在路边抓一把雪塞进嘴里，就结束了他的"午餐"。

"我怎么老看见你吃饼干啊？"一个大胡子从邮车车窗里探出头来，微笑着看着他。

"顾不上啊。再说，山上也没有办法弄饭。"

"那怎么行啊？下次我给你带点菜上来。"

这就是曾双全和其美多吉认识的开始。知道了其美多吉是为了开长途邮车从德格调到甘孜的，曾双全也告诉他这个新朋友，自己也是为了开推土机而主动争取来雀儿山的。推土机总是出现在危难关头，轰隆轰隆，铲冰推土，清障开路，坦克一样披坚执锐，摧枯拉朽，何其威风！随着推土机的出场，路通

其美多吉和道班兄弟们在一起　（周兵　摄）

了,路上的人们得以重新上路,甚至得救。这时的推土机驾驶员,不也像一个大侠、一个英雄甚至是救世主吗?

原来两个人都有英雄情结,都能够吃大苦、耐大劳,都很享受自己驾驭的车辆。惺惺相惜,成为朋友就是必然了。何况,一个是道班班长,一个是邮车队的头儿。两个英雄的团队,如同唇齿。道班职工需要采购,需要寄信汇款,需要阅读报刊;邮车司机常常堵在山上,需要救援,疏通道路。于是,因为这些邮车兄弟,五道班不再寂寞,邮车成为他们专属的物流渠道,点对点的特快专递,天天可以看见的快递哥;而道班,则是邮车司机们的保障基地,另外一个家。

没有合同，无须协议，也没有谁提议。一个互相帮助、彼此依存的命运共同体，就在情感的呼应和工作的默契之中形成了。

和其美多吉在雀儿山上的故事，曾双全经历得太多了，多得挤满了记忆的通道，一片混沌。

他记得最清楚的是两次雪崩。

雪崩大多发生在初夏。那是2004年，曾双全正在路上进行铲雪作业。突然头上白光一闪，一个房子那么大的雪球突袭而来，正中曾双全的推土机。推土机猛烈一震，在路上打了一个趔趄，随雪崩体滑向悬崖边沿。曾双全急刹车，将刀片死死抵在坚实的冰雪上，这才刹住车。崖上雪块还在掉落，其美多吉就第一个冲了上来。

"没事吧兄弟？"他拉开车门。

"没事没事。"

"没事就好。"话音刚落，其美多吉已经转身找工具去了。他和随后到来的易晓勇等人用水桶挖，用铁锨铲，用手刨。待推土机全部刨出来，才发现推土机已经到了悬崖边上，履带已经有三分之一悬空。多吉立刻从自己车上拿来钢缆和被子。先打桩，固定推土机，再把自己的被子铺在履带下面，让推土机倒回来。

路通了，邮车远去，曾双全后背汗湿一片。他一个人坐在推土机上，默默抽了三支烟，才慢慢缓过神来，开着推土机继续铲雪。

几年以后，一辆来自康定的大客车被雪崩砸中，被埋大半。因为地形所限，无法用推土机，多吉就和大家一起用手刨。虽

其美多吉平均每月要来回翻越被称作"川藏第一险"的雀儿山二十余次　（周兵　摄）

然司机老徐获救后脸色惨白，奄奄一息，但乘客并无大碍。问题是后来发生了一个小插曲：曾双全回到推土机上检修机器时，因为机器早已冷却，不小心手被粘在引擎盖上了。多吉已经发动了车子，正准备出发，知道曾双全遇到的新情况，马上停车。他喊来几个人，围成人墙挡住风，再把自己的大衣裹在曾双全身上，然后用自己温热的手掌揉搓他的手背，随着手的逐渐暖和，手也就取下来了。

很久以后，曾双全才知道，那次多吉其实自己也感冒了，咳得很厉害。为此，他很自责——高原上感冒，很容易引发肺水肿，那多可怕啊。

4. 兵车行

作为连接祖国内地与西藏的生命线，川藏公路上偶尔也有军车通过。

那天，一个绿色的大型车队沿川藏线东来，穿越在冰雪覆盖的康巴大地，一路向西。

但是，车队到了雀儿山，不得不停了下来。因为他们遇到了最严峻的困难，一条钢铁的长龙，头在山顶，尾在山脚，寸步难行。

修建川藏公路，是共和国建立之初重大的国家战略，也是世界公路史上最长、最艰险的超大型工程。公路全程两千四百公里，中国人民解放军18军为主的十万大军，花了四年工期，付出了三千人牺牲的巨大代价，才得以开通。也就是说，公路的每一公里，地下都埋葬着一位烈士的英魂。雀儿山是川藏公路上最重要的节点，这个藏胞心目中"鞭子打着天"的高地，被他们称之为"措拉"——老鹰也飞不过的地方，当年，这一个高地上就有三百人牺牲。

因为条件所限，在隧道打通之前，雀儿山一直是公认的"川藏第一高，川藏第一险"。而眼前这支部队，来自比四川更南的南方，年轻的战士们对冬天雀儿山这样凶险的路况闻所未闻。即使部分来自北方的兵，因为他们习惯了家乡的干燥，所以也难以理解康巴高原的湿冷。同样的冰雪，却呈现着不同的形态，不同的溜滑。更何况，这是在高山危崖的急弯、陡坡和窄路上。

之前，尝试闯关的军车都没有成功。下坡路上，路面的桐油凌，的确像漆过桐油的木板一样坚硬，也闪耀着桐油那样的光泽，但是远比上了桐油的木板滑。第一辆车，由一位颇有经验的战士开下去了，但最终还是滑到了路边。紧跟着的几辆车的司机紧张起来，迟疑，减速。但是，他们越慢，越打滑失控。于是，有的车子打横，有的干脆原地掉头，还有车子撞上了路边的石头，随即爆胎。

冒险，蛮干，肯定要出大事。但是，演练也好，执行任务也好，谁都知道兵贵神速。

前进受阻，同时信号不通，带队的首长急得跳脚。

其美多吉，就是在这个时候上军车的。

他是多么喜欢军车啊。小时候，龚垭老家的门前，军车是他生活中最大的亮点，最大的兴奋点。但是，他从来没有近距离看过军车。它们总是风驰电掣，转瞬即逝。即使偶尔有停下来的，对孩子们而言又太神秘，太威严，他们不敢靠近。越不敢靠近，越神秘，他就越想得发慌。

后来，汽车兵雷锋，进一步放大了军车的魅力。从记事起到参加工作之前，关于军车，关于汽车兵，其美多吉不知做了多少回美梦。

看到好朋友亚东当兵走了，多吉羡慕不已，把他当兵的梦想煽动得更加炽热。

他多次报名参军。十八岁那年的征兵季，他报名了，体检也过关了，似乎就要梦想成真了。但是，不知道什么原因，最终还是被刷下来了。

就差了那么一点点，让他跌倒在天堂门口。

军车拉着喜气洋洋的新兵从家门口驰过，其美多吉扒在门边，看着看着，眼泪就下来了。他砰的一声把门关上，躲起来大哭了一场。

最后，他顶阿爸的班，参加了工作，从此与军车绝缘。

远道而来的军车，他们遇到的难题，却是其美多吉和他那些邮车兄弟的家常便饭。也许是有开车的天赋，还有日积月累的经验，凶狠残暴喜怒无常的雀儿山，他早就与之和平共处，甚至历练得百毒莫侵。帮素不相识的司机把车开出危险地段这样的事，是五百次，还是上千次？因为太多，也因为已经成为一种习惯，一种日常行为，多吉根本不会放在心上。要具体说出一个例证，那感觉，就像电视《人与自然》播的，一头海豚要在沙丁鱼群的漩涡里抓一条沙丁鱼。

就像那天，也有好几十辆车堵在雀儿山垭口的德格一侧。其美多吉在雪地里走了足足一公里，才走到堵在最前面的那辆甘肃牌照的车前。司机趴在方向盘上睡着了。其美多吉轻敲车门，没有回应。重重地敲车门，还是没有回应。最后，他使劲拍打车门，才将司机唤醒。其美多吉明白，他这样熄了火，在五千米左右的海拔上,在低于零下30℃的气温里,睡过去是非常危险的。如果没有人及时将他唤醒,他很可能就再也醒不了了。

问清情况,才知道这个甘肃司机没有走冰雪路的经验。他极其艰难地将车开上山,过垭口,眼见下山的路悬挂在断崖绝壁之上,吓死人的急弯陡坡加寒光闪闪的冰道,终于崩溃了。进退不能,发动机也打不燃火了。其美多吉一查看,发现不过是柴油冻住了。他顺手拈起一把扳手,脱下自己的手套套上,在油箱里蘸点油,点燃,将油箱烤热,发动了车子,还帮他把车开下了那段危险陡坡。

经年累月练就的超凡能力,终于在最重要的时候派上了用场。

他找到部队首长说:"我们可以帮你们把车开下去。"

"你们行吗?"

"放心,车子哪怕擦掉一块漆,你都拿我是问。"

在众多犹疑的目光注视下,其美多吉来到打头的第一辆军车,坐上了驾驶座。打火,启动,平稳而轻松地将车开到安全路段。开下去一辆,再返回,开第二辆。

部队首长大喜。他把自己的指挥车也让出来用作交通车,载着其美多吉上上下下。这样,速度大大加快。

祖国越来越强盛,军队也越来越精锐。这些军车,都是东风或者重汽的越野卡车,动力好,配置好,内饰也不错,有的车型很有现代感。驾驶起来轻松自如,座位的坐感也舒适贴身。比起他当年在龚垭看得眼馋的老解放,我军简直是鸟枪换炮了。

"这些年轻人,一当兵就开上这样好的军车,他们有福气呀。"

吉美多吉驾驶的邮车驶过 5050 米的雀儿山哑口　（周兵 摄）

开着车，其美多吉恍然如梦。

快要结束了，最后一趟他带的是一个真正的娃娃兵，年龄十八岁上下。多吉感觉他像自己的二儿子扎呷，因为小伙子长得比较清秀。他灵机一动，把本来应该坐在副驾的小战士拉到驾驶座上。

"我能行吗？"小伙子很不自信。

"肯定行。你不用紧张。"

"我怕出事故，连累了您。"

"放松吧，我知道你很棒。并且，我会教你怎么做。"

"您就像原来带过我的老班长。"

"好吧。我教了你，接下来你就可以带你的战友啦。"

其美多吉一路告诉他，一开始就要控制车速，制动除了点脚刹，还要手不离刹把——有时还要更多地用手刹；随时根据路面做出调整，或轻点刹车，或瞬时提速；充分利用下行的惯性，车轮转速要与坡度、溜速配合而略高于溜速，等等。

两个多小时里，他不知道自己已经往返了多少趟。他不知疲倦，因为太喜欢驾驭军车的感觉。一场盛宴，结束了，他还意犹未尽。

车队在山下重新集结，启程，又重新风驰电掣。

一支绿色的箭头，向德格，向他的家乡龚垭，向着金沙江对岸的广袤大地飞了出去。

告别车队，军车的影子挥之不去。接下来一段较长的日子里，他总是错把邮车当军车。

5. 风搅雪 除夕夜

十年前，一个大年三十上午，两辆车，一大一小，出甘孜县城，沿着川藏公路开往德格方向。

大车是其美多吉的邮车，执行甘孜—德格的正常邮班；小车是一辆SUV，是多吉二弟泽仁多吉在开，拉着年货和两个孩子——他十二岁的儿子泽里和其美多吉十五岁的二儿子扎呷。

其美多吉已经好些年没有在家过年了。每年这些时候，在外工作的中国人都奔走在回家路上，目的是为了大年三十的阖家团圆。而其美多吉，好多年来都是逆向而动——别人回家，他开邮车出门。因为邮班不能停，因为他是邮车兄弟们的"其哥"，需要值班，顶班，他总是在路上过年。

今年，他终于决定回家过一次年了。这个家，是龚垭的老家，是其美多吉八个兄弟姊妹永远的家，团年，只能是在那里。阿爸阿妈一直在家里，除老大老二，其余的弟弟妹妹早已等在龚垭了。洗肉，煮肉，里里外外清洁和布置，虽然隔着遥远的距离，但多吉似乎都可以感觉到浓浓的年味了。三个小时以后，只要在德格城里卸下邮件，他就可以心无挂碍，好好地陪陪父母和弟弟妹妹吃年夜饭，充分享受阖家团圆的欢乐了。

今天天气很好。群山连绵，皑皑雪山在蓝天下银光闪闪。路上几乎没有车辆。昨夜结的冰早已融化，两辆车在黑色的油路上行驶得轻快，就像其美多吉现在的心情。

到雀儿山下时，天空飘起了稀疏的雪花——在雀儿山，这很正常，甚至可以说是不错的天气。

但是，天气的变化几乎是瞬间完成的。上山的路还没有走到一半，突然间狂风骤起，天昏地暗，能见度立刻为零。除了驾驶室内部，车窗外什么也看不见了。只有风的啸叫和雪团、冰碴子噼噼啪啪打在挡风玻璃上的声音。

"风搅雪来了！"其美多吉大吼一声，把车停住。

"风搅雪"，它不是西北某些地区那种地方曲艺说唱，而是雀儿山特有的灾害现象。它就像沙漠里的沙尘暴，沿海的龙卷风。对过往司机来说，它比雪崩还可怕。

邹忠义也是其美多吉的一个邮车兄弟。有一年，他遇到风搅雪时，道路不可辨认，邮车滑入深沟。危急关头，他只好以最快的速度背起机要邮袋，连滚带爬地走了二十几公里，找到救援时双手已经严重冻伤。那辆邮车，直到第二年雪化之后才被拖回来。

每年十月至次年的五月，都是风搅雪容易出现的时段。

《格萨尔王传》里说，莲花生大师可以将水一样的光线取下一束，树枝一样挥舞。需要快速行走时，他能够驭光飞翔。但是眼前的主角，显然不是莲花生，更像是一方妖魔，它挥舞的不是光线而是黑暗。世界在旋转，飓风在怒号，黑暗被挥动起来，

其美多吉驾驶邮车行驶在雀儿山狭窄险峻的山路上　（周兵　摄）

卷动着最密集的漫天大雪，也制造着零下几十度的酷寒和令人魂飞魄散的恐怖。

　　十几分钟以后，风小了。视野重新打开，像是电影镜头切换，眼前出现了迥然不同的场景：公路不见了，平地凸起一座小型雪山，白茫茫一片，银光闪闪，让人睁不开眼睛。他急忙戴上墨镜，以保护自己已经多次受到雪盲伤害的眼睛。

　　"怎么样，吓坏了吧？"他打开车门，下车，朝泽仁多吉喊了一声。

　　"是呀，好恐怖啊，"二弟摇下车窗说，"我们今天要当山大王了。"

　　"下面的四道班没有推土机，五道班还远在垭口那边，我昨天听说了，他们的推土机也坏了。只有靠我们自己了。"

"那怎么办啊?"

"我们用手挖呗,挖一段,走一段,总会挖通的。"多吉见惯不惊。

"那该挖到什么时候啊?"弟弟很沮丧。

"风搅雪堆起来的雪,体积应该不会很大。回去团年还有希望。"其美多吉鼓励弟弟。

两兄弟在车上找出铁锹和铁皮水桶,真的挖了起来。他们像挖山不止的愚公一样挖个不停,像不知疲倦的机器一样机械地重复动作。挖开一段,再将车子挪动一段。

两个大人在雪地上争分夺秒,两个孩子留在后面的车上无所事事。他们搜索枯肠,讲笑话,讲故事。当夜幕降临,他们的肚子已经完全掏空,两个人只有发呆的时候,扎呷提议干脆去五道班。

还能干什么呢?去就去呗,两个孩子真的就朝山顶走了。他们是悄悄溜走的,因为他们知道,大人肯定不会同意他们去的。

雪还在下,但不大了。茫茫雪原在夜色里不再刺眼,雪的反光让两个孩子可以清晰地辨识上山的路。雀儿山的甘孜一侧,坡度相对平缓。他们不走太漫长的盘山公路,而是取直线,找捷径,直奔垭口。其实,大雪覆盖的荒野里是没有路的。他们深一脚浅一脚地走着。一些地方的雪厚至腰部,不过还是没有阻挡住他们的脚步——既然决定前进,就绝不后退。因为,后退就意味着他们不能够按时回家过年,就看不成他们最喜欢的春晚,就不能和爷爷奶奶叔叔姑姑尤其是堂兄弟们在一起享受节日的狂欢。

再说,去五道班搬兵求援,是他们唯一可以给大人帮上忙的地方。他们要让阿爸们看看,他们也是男子汉。

虽然走的是捷径,他们还是觉得,到五道班的路,像孙悟空他们西天取经的路那样漫长和艰险。当在暗夜里看见五道班的灯光时,他们高兴得几乎要哭了。

误打误撞,扎呷敲开的正是曾双全的门。当他听说"我是其美多吉的儿子"时,立刻把他拉进门去。

听到其美多吉困在下面的消息,曾双全急了。他让两个孩子烤火,自己立马就要去修推土机。

"我要赶快回去,不然,阿爸发现我们不在了,肯定会着急的。"扎呷说。

"不行,晚上在野外走太危险了。"

"没关系,我既然走得上来,也就走得下去。这样吧,我把弟弟留在这儿,您看,他的手都冻成这个样子了。"

扎呷把泽里的手举起,曾双全看见泽里的五个手指头已经红肿,冻成了五根粗壮的红萝卜。

扎呷的手其实也差不多。曾双全拉起扎呷的手,却无法说服他。

"那,给你阿爸提一瓶开水下去吧。"曾双全不再强行留他。

扎呷提了一个温水瓶,只身一人出发了。

下山的路并不轻松,长到这么大,他几乎没有徒步夜行过。

现在，他不但独自夜行，而且是在无人区的荒山野岭，是在五千米海拔的雀儿山的冰天雪地里。

因为走过一次，下行的路他已经心中有数。但是当五道班那几粒微弱的灯光消失以后，他心里渐渐发虚，甚至发毛了。万籁俱寂，只有呼呼的风声以及自己脚步踩在雪地上嘎吱嘎吱的声音。大地、远山和天空混沌一片，有几分迷茫，几分诡异。近处，白茫茫的地上散布着黑乎乎的一片乱石，像一些鬼鬼祟祟的人或者动物埋伏在那里，让他想起看过的一部外国恐怖片。

精神紧张，思维却特别活跃。在恐怖片镜头的闪回中，冷不丁脑海中又浮现出了一群狼。

对，就是狼！这一带真的有狼，阿爸有一次就看见了八只狼。他也听生龙降措叔叔讲过，一次车子抛锚，他被困在山上，开车门下去撒尿，才发现不远处，不，是周围，有十几只狼环围着车子，绿森森的眼睛在悄悄向他靠拢……

扎呷头发孓立，冷汗直冒。他有些后悔把弟弟留在了道班。但是，害怕是没有用的。谁也帮不了他。鬼也好，狼也好，由它去吧。路，还得由自己一步一步地走回去。

不过，他还是不敢原路返回了，只能改走公路。

路面的雪有一尺多厚，但是紧张像是给他上紧了发条，让他完全忘记了累。他一边走，一边想春节联欢晚会，盘点今晚可能出场的明星。但是，一会儿鬼还是越过了众多明星的屏障，再次出现。于是，他把防鬼的武器改成龚垭家里的年夜饭。水煮牛肉，坨坨牛肉，酥油人参果。他最想的还是凉拌生牛肉。

那种鲜嫩、香辣，他口水都出来了。每次节日聚会，总是二爸唱主角。但是，今天二爸和我们一起堵在路上，那么，今晚的年夜饭该谁领衔呢？是阿妈？是姑父？还是三叔？

但是，厨房的热气腾腾，很快变成了鬼片里的阴风缭绕，鬼又从烟雾里钻出来了。

鬼太难缠啦。扎呷索性暂停，在雪地上使劲想鬼，专门在路两边那些暗角里找鬼。睁大眼睛找，真正的鬼并没有出现。于是，扎呷唱起歌来，既是庆祝，也是壮胆。他把所有会唱的歌都唱完了，就反复地唱。

可以肯定，这是他这一辈子唱得最多的一次。

其美多吉终于发现儿子失踪了。

开始，他以为在弟弟车上，弟弟以为他们在哥哥车上。后来，一次挪车以后，他突然想起应该提醒孩子们吃点什么，还怕把他们冻着。当他发现两个车上都没有人时，才大吃一惊。

天黑以后又来了一辆客车，两个小车。情况稍微复杂了些。但是，在雀儿山，大家都堵在这里，又会复杂到哪里去呢？何况，他们已经是那么大的孩子。

没有任何理由失踪，但他们又确实失踪了。天啊，究竟发生什么了？

其美多吉两兄弟只好喊了起来。一边喊，一边在心里暗暗祈祷，山神啊，千万不能让孩子有个三长两短啊。

两兄弟的呼唤在荒野里交替地响起，但声音刚刚出口，立刻就被风声吞没。

两个大男人，没有想到他们也有那么无助的时候。束手无策，他们唯有扯起嗓子接着喊。当兄弟俩快声嘶力竭之时，终于听见了远处传来的弱弱的回应。随后，有一个蠕动的黑影，从山上由远而近。

当看见扎呷从五道班方向走来，并且看见他手上提着的温水瓶时，其美多吉一切都明白了——儿子已经懂事了。

两个小时以后，其美多吉终于等来了曾双全车屁股上冒着烈火的推土机——他是冒着风险将并没有完全修好的推土机开出来了。并且，曾双全还在滚烫的引擎盖上用铁丝固定了两盒泡面。虽然吃起来满是柴油味，但是，其美多吉毕竟是在十几个小时之后，第一次吃到了热饭。

堵车时，在引擎盖上放着热饭给他的邮车兄弟送过来，这是曾双全的惯例。多吉和他的兄弟们，不但经常享受道班兄弟提供的热饭，还经常享受他们的热被窝。每一次这种时候，多吉都感动得要掉眼泪。

推土机来了，不再有什么悬念。曾双全和多吉兄弟一起努力，公路终于在天亮的时候打通。其美多吉又一次在雀儿山上迎来了大年初一。

曙光熹微，照耀着白茫茫的雪地。发动机响了起来，客车上传来一阵欢呼。

其美多吉举手，拦住了客车。他让弟弟和扎呷把准备带回龚垭的水果、糕点和自己炸的麻花等可以直接吃的东西，全部

雀儿山隧道通车当天，其美多吉的邮车作为社会车辆的头车第一个穿过隧道　（毛志鹏 摄）

分给了大客车上饥肠辘辘的旅客。

　　他早就给他的好朋友曾双全准备了一个袋子，里面装着牦牛肉、青稞酒、蔬菜、水果和自己做的藏式糕点——这是他为他的好朋友准备的年夜饭。

　　当然，这也是他延续多年的惯例。

第六章：亲爱的儿子

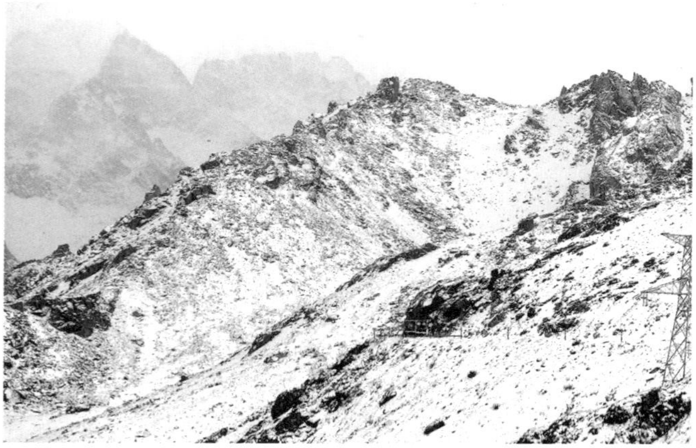

1. 大儿子伴黎明出生

十九岁的泽仁曲西在龚垭乡康公村娘家待产。

已经疼了三天三夜，疼到最后，痛感已经钝化，有些麻木了。

黎明时分，泽仁曲西在梦中又被一阵剧烈的疼痛惊醒，忍不住大叫了一声"多吉"。

多吉当然听不到他的呼唤，因为他还远在一百多公里外的竹庆乡政府。

撕心裂肺的叫喊惊醒了隔壁的姐姐。她急忙跑了过来。姐姐已经生了三个孩子，有足够的经验对付分娩。曲西放下心来。

一家人都起来了。阿爸葛松泽仁忐忑不安，在门外徘徊。

曙光初露，随着几声响亮的鸣叫，一只大鸟飞来，翅膀扑腾着，呼呼有声，搅动了早晨的宁静。葛松看清楚了，那是一只渡鸦。渡鸦是最聪明的鸟类，所以德格的藏族人视之为吉祥鸟。它落在房顶，收回翅膀，蓝紫色的羽毛在晨光里闪耀着金属般的光泽。稍后，它往前一跃，腾空而起，盘旋一圈，向东而去。葛松愉快地目送着，看它越飞越远。

这时，太阳从东山露出，霞光万道。与此同时，孩子呱呱坠地，家里传来了婴儿的第一声哭啼。

阳光渐次照亮，眼前的一切清晰起来。突然，葛松看到门前平时清凌凌的那一眼泉水，现在莫名其妙地变成了牛奶一样的乳白。他愣怔了一下，脑袋一拍，叫了声菩萨呀，这也是大吉大利之兆啊。

曲西的头生子生产顺利，生下来就白白胖胖，眼睛黑亮有神，一脸福相。

信佛的葛松断定，这个外孙，伴随着许多吉祥之兆出世，将来一定会得到菩萨保佑，是个有德有福之人。

后来，曲西的小妹妹跑去龚垭乡上，打电话将多吉通知回来。多吉回家，首先抱起儿子，在他红扑扑的脸上亲了又亲。

当天，两口子抱着孩子去了龚垭寺，按照藏族风俗，请活佛取名字。

"就叫他白玛翁加吧，"活佛说，"孩子将会得到菩萨保佑，成为一个有德有福之人。"

白玛，意为莲花；翁加，意为有德有福。

当了父亲的多吉，视白玛翁加为上天赐给他的最珍贵礼物，也是他幸福的源泉。

2. 小儿子乘月光而来

白玛翁加六岁的时候，曲西又怀孕了。

那时，曲西已经参加了工作，在马尼干戈邮政所。随着肚子越来越大，她身体的各项指标越来越差。医生警告，你生这个孩子时可能有一些风险，要加强检查，临产时一定要住院待产。

1992年1月5日，预产期还有将近半个月。经验丰富的姐姐因为孩子多需要照料，还在康公老家。多吉照例出车。德格城里天气阴沉，已经飘起了雪花，雀儿山上早已是冰天雪地。今天，不知道他将会在什么时候、什么地方被堵住？曲西放心不下。不过家里还好，阿爸带着小妹来了，反正在城里，随时可以送医院，没什么可担心的。

入夜，月亮升起，雪花依然纷纷扬扬。夜渐深，邮政局宿舍慢慢静了下来。小妹睡了，阿爸也睡了。

曲西关了灯，月光照进房间，一片朦胧。曲西躺下，快十二点了，还是没有睡着，总觉得今晚上有大事发生。会发生什么呢？孩子还早，会不会是多吉已经堵在雀儿山了？

突然想上厕所。她起来，腆着肚子下床，才走几步，肚子就剧烈地痛起来。她马上知道，她的孩子迫不及待，要提前出来了。

她开灯，回到床上，刚刚垫好身子，孩子就露头了。她急忙给自己念平安经。也许，念经分散了她的注意力，不过曲西相信是菩萨与她同在，让她内心平静。总之，她这次分娩顺利得无法想象，大约就半小时，孩子就完全娩了出来。

她用手拍了拍墙壁，叫醒小妹。妹妹过来，她吩咐她取来剪刀、针线、酒精，再去准备热水。好在事先早有准备，一应物品都在房间里。曲西用剪刀剪下一段线，用酒精浸了，再把脐带血朝孩子肚脐方向推了推，用线系在脐带根部六七厘米处，两头系紧。然后，用棉签把剪刀也消了毒，定定神，狠狠心，咔嚓一声将脐带从系线两端的中间剪断。

在曲西的剪刀声里，又一个儿子脱离母体，成为一个独立的生命个体。

这时，小妹成了护士，曲西就像一个产科医生。她们小心地将新生儿柔嫩的身体洗净，擦干，用襁褓包好。

一切做好，阿爸还在梦乡，多吉还在邮路上。

骄傲的曲西，搂紧了新生的儿子，也捂住自己的喜悦。她在等待新的一天，等待老公多吉回来，再度体验惊喜。

3. 大儿子　小儿子

两个儿子相差七岁。

二儿子叫扎西泽翁，意为吉祥而福寿长驻。就像他哥哥白玛翁加一样，名字也是活佛取的。在藏区，请活佛取名字是普遍现象。

多吉爱子如命，两个儿子都是他的心肝宝贝。

不过，两个孩子渐渐长大，差异越来越明显。

白玛翁加，爱称"白加"。他酷肖阿爸多吉，也是一米八几的个子，也是一表人才，能歌善舞，连唱歌的音色都像老爸。父子俩站在一起，一看就知道是从多吉这个模子里出来的"其美多吉二世"。

而老二扎西泽翁，爱称"扎呷"。扎呷与哥哥走在一起，他们几乎不像两兄弟。他窄脸，身材瘦削，即使上大学了，也比哥哥小了一号。他完全不像一个康巴汉子，秀气得像是来自川西坝子，甚至像来自江浙。他更多的是遗传了阿妈的特征。

白加作为自己的"复制品"，多吉当然极其喜爱。但是，不知不觉，他也应验了"百姓爱幺儿"的规律，对小儿子扎呷也宠爱有加。

一次，扎呷感冒，高烧不退，医生诊断后决定打针输液。一看一根长长的针就要往他的小屁股里扎，扎呷吓坏了。他先是向医生叔叔告饶，求他们别打。他可怜兮兮的哀告，当然"感化"不了医生。医生虽然面带微笑，那根长针却在继续逼近。眼看医生不吃软的那一套，扎呷就开始撒泼，又是踢打，又是哭闹，尖锐的哭叫几乎要惊动整个德格城。这时，看着儿子的恐惧，其美多吉，一个威猛的康巴汉子，内心最柔软的地方被触动了，居然也流下了眼泪。

在扎呷的记忆里，他也挨过打，唯一的一次打。

小学五年级时的扎呷，刚刚进入叛逆期。因为贪玩，暑假作业完全没有做。

阿爸成天在邮路上，来去匆匆，顾不上对他的细节管理。

该开学报名了，阿爸问，作业做得怎么样了啊？扎呷想，他反正也不可能去学校，就信口搪塞，说做完了。

报名前一天，老爸又问，他依然撒了谎。万万没有想到，报名那天，多吉偏偏要亲自带儿子报名。危急关头，扎呷"急中生智"，马上把过去的作业找出来，企图蒙混过关。当然很快露馅了。不过，聪明的扎呷见招拆招，立刻说是拿错了。

扎呷没有想到的是，魔高一尺道高一丈。他低估了老爸的智商——他已经看穿了他的谎言。

扎呷黔驴技穷，又窘又怕。但是，他还在继续搪塞，徒劳地挣扎，要把撒谎进行到底。多吉的雷霆之怒终于被引发了。

"你即使没有做，"多吉直视着儿子，"老老实实回答还可以原谅；但是，你撒谎，这就不可饶恕了！"

其美多吉顺手捡起一根木条，就在扎呷的屁股上一阵痛殴。

"我打你，就是要你记住，不老老实实做人，后果严重，要付出代价！"他揪住儿子的耳朵说。

当晚，扎呷红肿的屁股痛得不能坐，不得不趴在床上赶作业，边哭边写。

第二天，多吉再次带扎呷去学校，亲自和老师沟通，让扎呷报上名。

从此，扎呷牢记阿爸的话，以阿爸为榜样，像阿爸那样做人，渐渐成熟起来。

儿子们在父母怀抱里成长。

扎呷也被哥哥带着一起玩耍，从幼儿园到小学。

但是，这三个情商很高、性格也颇为外向的男人，不知什么时候，他们之间话少了。父子之间，兄弟之间，一个叫"代沟"的东西，若隐若现，横在他们中间。都深知彼此相爱，但就是沟通起来有了难度。

不过还好，他们之间还有联系的纽带，那就是篮球和汽车。

别看多吉人高马大，似乎是打篮球的好料。但严格地说，他其实球技较臭。每逢局里打篮球，多吉偶尔也上场，他就凭了巨大的块头横冲直撞，样子吓人，在场上倒也有些管用。男人们在球场上如狼似虎，曲西、白加和扎呷也往往在场边看热闹。儿子们看着老爸粗糙的球艺就差没有撇嘴巴了，但是老妈曲西，不断慷慨地为自己男人送上喝彩,手板早已拍得生疼,几乎红肿。

关于篮球,他们更多的是纸上谈兵。

那时科比已经接过乔丹的接力棒,正在NBA球场叱咤风云。一次,两兄弟在电视里看NBA,多吉迁就儿子,也跟着看。看着看着,他居然看进去了。久而久之,他居然上了瘾,渐成内行。于是,他天天关注,一休息就坐下来看篮球。其美多吉被儿子们带进门开始看球,后来演变成总是他招呼儿子们一起看。湖人、快船、猛龙、雄鹿、火箭、开拓者……NBA群雄,他如数家珍。他甚至可以把乔丹、科比以及后来的勒布朗·詹姆斯、凯文·杜兰特和克里斯·保罗,以及姚明、王治郅、巴特尔、刘玉栋等中外篮球巨星的身体数据、技战术特点等娓娓道来,亲热和熟稔,就像在说叨自家兄弟。

当然,篮球的地位,还是远远无法与汽车相比。

其美多吉是彻底的汽车迷。自觉不自觉地,儿子们从小就被老爸进行了汽车的启蒙,汽车的熏陶,汽车的强化教育。

他给孩子们买的玩具多半是"汽车":带发条的、橡皮筋的、电动的,由小到大,小到比指甲盖还小,大到孩子可以直接坐进"驾驶室"。

在孩子们可以阅读的时候,他还订了一份《汽车》杂志,父子三人共同阅读。全民进入互联网时代,他们又开始频繁地逛汽车网站。

汽车成为父子仨的共同语言。他们相互交流,争论,披露最新信息。不管刚才气氛多么沉闷,只要说起汽车,大家立刻眉飞色舞。那时，他们的关系已经不像父子，而是类似同学、哥们。民主、平等，多少还有点没大没小。

扎呷小学三年级时，其美多吉调到甘孜县邮政局开大邮车。看到老爸开着平头大东风在川藏线上风一样去来，两个孩子都非常骄傲——那时，他们也像老爸当年一样，渴望着开车，开大卡车。

一天，让孩子们尖叫的事情发生了：他们的老爸花了两万块钱，买回了一辆半新的二手奥拓。从此，他们全家进入了汽车时代。

星期天，多吉开上奥拓，拉着两个孩子来到甘孜城外四公里的飞机坝，正式教两个儿子开车。

这里是一个飞机场旧址。宽阔的跑道，除了偶尔县里举行赛马大会，剩下的用场就是练车了。

奥拓不过是更大一点的玩具车，两个孩子半天不到，就可以在跑道上驾驭自如了。

飞机坝的边沿群山绵延。山腰山脚，一排排窑洞蜂巢一样，密密麻麻，上下左右，井然有序地排列。这本来是在黄土高原才看得到的特色民居，出现在康巴高原，这就显得极其罕见极其突兀了。

黑洞洞的窑洞，就像一个个可以说话的嘴巴，欲言又止，缄默了许多往事。

车上，随着阿爸的讲述，半个世纪以前发生在这里的一段尘封的历史，被推到了孩子们的面前。

1951年春天，为了国家统一，和平解放西藏，按照中央部署，中国人民解放军十八军征集了几千民工，在这里修建机场。

这个工程像川藏公路一样重要，也像川藏公路一样艰苦。但是，这里是荒无人迹的不毛之地，没有森林，更没有民居。别无选择，只有临时挖窑洞解决住宿问题。一个房间大小的窑洞，铺一层青稞草就是十来个人的宿舍了。民工、战士、卫生队以及文工团如花似玉的女兵们，都住在这里。

眼看机场就要接近竣工的时候，一场大雪铺天盖地而来。战士们都来自南边，哪里见过这样的景象？早晨，看见大雪封门，很惊奇，纷纷呼唤战友看雪。

但是，有一个窑洞住着的九个女兵，九个来自大城市的花季少女，她们再也唤不醒了——前一夜的大雪压垮了窑洞，九个人无一幸免。

山顶，有九座烈士墓，九个女兵就安息在那里。

远山苍茫。两个孩子眺望着，眼睛湿了。

"青春宝贵，要珍惜啊。"多吉轻轻地对儿子们说。

4. 噩耗袭来

早晨六点，多吉又要出车去了。

这次，他跑的不是惯常的德格，而是石渠。跑石渠，虽然也有很高很险的海子山挡着，但是它远没有雀儿山凶险，只是路程相对要远很多。

扎呷陪阿妈到竹庆看望舅舅去了——舅舅在竹庆寺的佛学院学习，曲西很爱这个弟弟。

多吉五点过就起来了。他自己煮了酥油茶，调和了糌粑，匆匆吃了早餐。

白加离上班还早，还可以再睡一阵。他睡得很香，轻轻的鼾声，隔着门也清晰可闻。

对两个儿子，多吉是放心的。

扎呷已经高中毕业。甘孜的教育水平无法与大城市相比，但扎呷学习努力，虽然只读了个乐山理工学院，但毕竟上大学了，多吉没什么可担心的。

白加二十六岁了，已经在几年前参加了工作。他没有如愿成为老爸那样的邮车司机——因为阿妈坚决反对。泽仁曲西说，我长年累月为你阿爸担惊受怕已经够了，你想开邮车可以，等我死了以后,你想怎么开就怎么开!

白加是个听话的孩子,不开车就不开车吧。他到邮政局当了邮递员,依然是老爸的同事,依然干得很投入。

正是"男大当婚"的岁数,白加也有了自己的女朋友。姑娘姓陈,是他在川师大的同学,南充人,为了爱情追随白玛来到康巴高原,在甘孜联通工作。她也是一个各方面都堪称优秀的女孩子,多吉和曲西两口子非常喜欢。婚期已定,婚房已经装修好。一场隆重的婚礼,正在等待着他们一家人。

幸福就在眼前,未来似乎无限美好。多吉天性快乐,生来就喜欢唱歌。最近的日子,多吉更是随时都有唱歌的冲动。

他是唱着歌走出家门的。

但是,谁也没有想到,这时,死神已经悄悄盯上了沉浸在爱情幸福中的大儿子,他的白加。

接到生龙降措的电话时,其美多吉还在石渠,刚刚卸完邮件,又装上邮件,准备返回甘孜。

"白加病倒了,很严重,赶快回来!"局长在电话里说。

"什么病啊?"多吉立刻紧张起来。

"我也说不明白,反正很严重,赶快回来吧。我已经派车带着顶班司机来接你了。"

多吉急忙开着邮车往回赶。一边狂奔,一边猜想:儿子到底是什么病呢?局长语气那么严肃,是不是打架了?捅刀子了?但是,白加从来都对人礼貌,即使和谁有矛盾,也不至于打架斗殴啊。

半路上，与局里小车相遇，司机德呷是多吉的小兄弟。多吉迫不及待地问，到底发生了什么？德呷说，反正不是打架，我也只知道病重。说罢，只管开车。两个人默默无语。

回到局里，生龙降措已经在门口等候多时。

一路猜测，现在再看局长表情，他立刻明白了——儿子发生了不幸。他一阵眩晕。

多吉咬住牙，忍住，终于没有让眼泪掉下来。

白加之死，非常意外，是晴天霹雳。

但是夺走他生命的病魔，其实并非没有预警。

本来，他心脏的隐忧在例行的年度体检中已被查出，医生曾经有过提醒。但是，儿子认为自己身体很棒，没病没痛，不当一回事；忙于工作也抽不出时间的其美多吉，看看精神抖擞的儿子，也松懈了，带儿子去进一步检查治疗的事情也就拖了下来。终于，灭顶之灾，在疏忽大意后猝然爆发。

那天晚上，白加和几个朋友聚会。饭后，大家有说有笑地告别，各自回家。他一路走回来，上楼，取出钥匙。但是他已经没有机会打开自己的家门了——他倒在了一步之遥的门口。

与其美多吉不一样，曲西得到的消息是，白加和人争执进而打了起来，受伤了。亲戚说得轻描淡写，曲西信了，在亲戚家住下——反正时间也很晚了。

第二天,由一个亲戚开车,陪着曲西和扎呷母子回甘孜。一路都有亲戚在等着同行。到马尼干戈,更多了。曲西心里一沉,看来儿子伤得不轻啊,这么多人,大约是准备到甘孜报仇的吧。不行,我得把他们劝住。

曲西没有能够劝住"报仇"的亲戚,亲戚的队伍越来越大了。奇怪的是,他们没有送他们母子去医院,而是直奔邮政局宿舍的家里。

终于明白了——他们看见了黑色的帐篷,用于给死者念经的黑帐篷。

曲西脑袋嗡的一声,瞬间一片空白。她站立不稳,丈夫过来,一把扶住她。

"坚强些!别哭!别让人笑话!"他轻轻地说了一声。

一切都遵从藏族的传统——不是甘孜而是德格的传统。

甘孜县的葬俗,一般而言,主流是水葬,其次是天葬。而当下的德格,尤其是德格城区及其周边,绝大多数都是土葬。

白加的遗体穿戴好了,送上了灵车。全家人跟在灵车后面,一起回龚垭老家。白加生在龚垭乡,现在又回到龚垭乡。叶落归根,是父母对儿子最后的深情之爱。一家人坐的车是局里的猎豹,扎呷开着。多吉和曲西都没有哭。送葬的人们各自上车,车门砰的一声关上,再没有外人了,两口子立刻判若两人,瞬间崩溃,泪流满面,将感情的闸门彻底打开。大哭过后,他们慢慢安静下来。但是,他们始终神情恍惚,默默流泪,始终一言不发。

到了龚垭,多吉和曲西也显得非常坚强。下车前,他们擦干眼泪。下车后的多吉和曲西,一前一后,面无表情,和等在老家的亲戚和父老乡亲一一打招呼。直到看见了默默坐在门前的阿爸和阿妈,看见他们苍老的脸上泪痕未干,他们内心巨大的悲痛无法藏掖。多吉再也忍不住了,他扑通一下跪倒在双亲面前,放声大哭:

"阿爸!阿妈!对不起啊,我没有看护好你们的孙子……"

5. 悲伤的解药在哪里

孩子太优秀了。

其美多吉回忆的起点，是白加五岁那年，春节，在龚垭。

大年初一上午，大人都在火塘边喝着酥油茶，没完没了地话家常。村里孩子也不少，白加出门，很快就有了几个玩伴，玩得很快乐很开心。午饭时分，肚子饿了的白加回到家来，曲西发现，他一身新衣服不见了，身上只有单薄的两层，冻得嘴唇乌紫，瑟瑟发抖。大人们大惊，是谁如此大胆，竟敢大白天扒了孩子的衣服？

然而，打着冷战的白加，不仅没有痛苦和沮丧，反而是一脸得意。一问才知道，他看见一起玩的尼玛衣襟破烂，双手都冻烂了，于是就把自己的衣服脱下，送给他了。

小小年纪，儿子就显露出善良、正直、侠义的品格。这来自天性，来自遗传，更来自父母的言传身教。从小到大，一路走来，初心不改，孩子一直都让多吉欣慰。

多吉是一个特别重情的人，何况这是自己的儿子，何况这是从小到大一直让他称心如意的儿子。越是优秀，越是称心如意，儿子的离去，带走的就越多，越是让他难以接受。

丧子之痛，淤积成心中难以化解的块垒。生龙降措、益登灯真以及其他邮车队的兄弟们，都在想方设法，要让他快乐起来，走出悲伤，走出绝望。他们陪他喝茶，聊天，打扑克。生龙降措还特别让他暂时离开邮车，改开小车——这样，他们就随时在一起，以便开导他，安慰他。

兄弟们的安慰无疑是重要的，但并不是悲伤有效的解药。他只有强打精神，重返邮车，全力投入工作，用超负荷的劳碌来尽可能占满他的时间和空间。

从此，他与快乐绝缘，与娱乐绝缘。平时，唱歌是他生活中不可或缺的元素，他总是唱着歌出门，唱着歌回家。早晚，他甚至含着牙刷也在唱歌。他会唱的歌太多了。那些歌就像是快乐的鸟儿，招之即来。他的脑袋就是巨大的鸟巢，栖息着一个巨大的鸟群。而现在，一个晴天霹雳，把它们都惊飞了，他的脑袋空空，只是雾蒙蒙一片。

但是，有一首歌是一个例外，那就是好朋友亚东唱的那首《缘》：

阿爸曾经说
我们走过世间是普度来生的路
如今爱人告诉我
我俩相遇也是命中注定的缘
命也是缘缘也是命
踏上人生的路
看到世间有太多的悲欢离合

我才知道与命搏斗

　　是我们与生俱来的命

　　这首歌他过去也唱，但只是轻轻地从嘴里溜过去了，就像一曲小溪的流淌。现在，他停止歌唱，这首歌就像是他心里长出的藤蔓，总在他的意识里攀缘。风吹叶动，旋律牵动他敏感的神经，让他默默流泪。

　　与丈夫比起来，泽仁曲西给人的印象，似乎更加坚强。

　　白加葬在龚垭寺后山。念经超度、建白塔等大小事务，多是曲西张罗，严格遵从德格葬俗，并力求圆满。只要没有禁忌，她就要亲自在现场，尽可能亲力亲为。她把对儿子的深情眷恋，竭力倾注到治丧的所有细节。

　　七七四十九天期满，曲西出门了。人们看到的曲西，不但没有蓬头垢面，反而是干干净净，穿戴整齐，衣着得体。她没有时间哭泣。她除了要管一家人的生活，还要去寺庙上香祈祷，请当喇嘛的弟弟为儿子念经，还要放生鱼、鸡、羊，甚至牛。当然，一头牛花钱太多，这类放生活动，信众们一般实行众筹。她还要读书，读藏文的经书，边读边思考。似乎，有一个博大精深的世界，在她面前缓缓打开。

　　宇宙之大，世界之大，人间之大，个人实在渺小，不过是沧海一粟。

　　跳出小家庭，她觉得自己的心胸博大起来。

　　当然，她的坚强，也许还有一些强撑的成分。她想以自己的坚强来影响一家人。

第七章：大山屹立

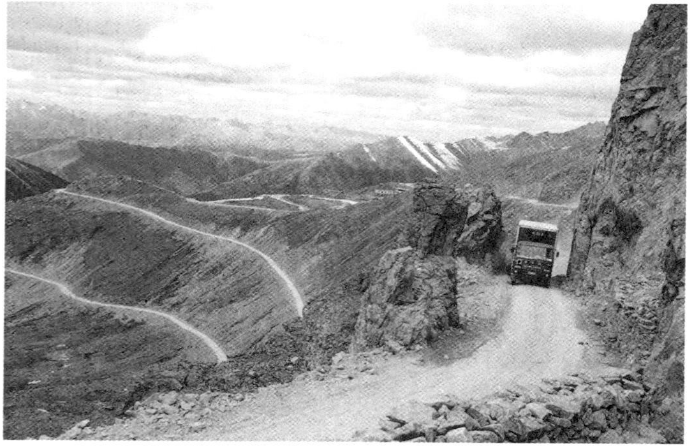

1. 疯狂的砍刀

灾难接踵而来。不管是不是巧合，反正接连的不幸，是从他四十八岁的本命年开始的。

时隔很久，其美多吉对那天发生的事件，依然感到匪夷所思。

对职业邮车司机其美多吉来说，每一次出车的经历都大同小异。只不过2012年7月，那天的不同之处在于，他远离了雀儿山八百多公里，跑的不是平时的甘孜—德格邮路，而是从成都北边的青白江到甘孜。拉的邮件也比较特殊——甘孜州中小学的教材。

同行的是两辆邮车。其美多吉在前，李靖在后，二人按惯常的节奏赶路。在雅安下高速，上川藏线，继续西行。到天全县境内的始阳后，前面是正在翻修的单行道。长时间的等待，终于放行之后，大队车流驶上了半边通行的路基。其美多吉的邮车颠簸着，逐渐走在了车流的最前面。"中国制造"越来越好了，他一直满意自己这辆东风"天锦"，无论是在康巴高原还是现在的路况，它的表现从来都不会让自己失望。太得心应手了，它似乎已经不是机器，而是具有了生命，甚至是自己身体延伸出去的一部分。大概走了一两个小时，一段最难走的路，还有四五十米就要出头了。当时是晚上九点,还有两个多小时就可以赶到康定。顿时,他一身轻松。

这时,不可思议的事情出现了。就像高速路上冒出一辆逆行车一样,单边放行的单行道上,有两个小车高速迎面而来。打头的蓝色小车,不顾其美多吉鸣笛和闪灯提醒,直冲过来,逼停其美多吉。两车相距只有二十厘米!

其美多吉刚想跟他们交涉,来车车门大开,十多个人窜了出来,一拥而上。最前面的一个抢着一把大砍刀,其余也都手握长刀短刀和棍棒,穷凶极恶,来势汹汹。

川藏线上的康巴高原,土匪曾经非常猖獗。

2003年我到石渠县出差,返程时,县委书记孙飞就反复告诫:"海子山、松林口、罗锅梁子这些地方,千万不要一早一晚经过,不怕冰雪,但是要防备土匪!"

那时我就知道,在康巴高原,川藏公路沿线的书记县长们出差开会,都是要带武器出门的。

藏地地广人稀,地形复杂,上世纪五十年代末的武装叛乱又有枪支遗落民间,所以,很多土匪都是持枪抢劫。

几年前,其美多吉的五弟当秋扎西和同事一起出差,就在松林口被抢。当秋当时自己只有几百块钱,但是,他身上还带了一万多公款。面对土匪的黑洞洞的枪口,他面不改色心不跳,大大方方地把自己的钱掏给了土匪,从而保住了公款。多吉知道这件事后非常欣慰,多次当面夸奖这个聪明的弟弟。

那时,多吉尚没有直接遭遇过土匪。但是他知道,躲在暗处的土匪离他并不遥远。因为邮车醒目，运行路线、出现的时间地点都相对固定，所以往往成为土匪作案的主要目标之一。1997年以来，针对邮车的抢劫案已多达二十多起。其中司机万树茂的邮车遭到四个持枪歹徒伏击，挡风玻璃、水箱和两个车轮被击穿，个人财物被洗劫一空，押运员邱宇眼睛被打爆，导致双眼失明。

现在，面对突然出现的这些凶神恶煞，其美多吉高度警惕。因为邮车拉的是教材，是孩子们最重要的精神食粮。他们眼巴巴地等着课本，这是另外一种嗷嗷待哺。

当然，邮车也有更重要的邮件——一个带醒目红条的邮袋。那是机要文件。邮政人员都知道关于机要文件"大件不离人，小件不离身"的严格规定，在他们的心目中，机要文件的重要性，远远胜过自己的生命。

来者不善，显然，这些人都是不法之徒。其美多吉来不及多想，一个箭步跳下车去，伸开双臂，要将他们拦住，用血肉之躯护住邮车。

"你们要干什么？这是邮车！"其美多吉目光锐利，厉声喝道。

没有人回答他。是的，邮车，他们当然认得。但是，按照歹徒的逻辑，邮车里东西肯定值钱。这个人豁出性命要保护邮车，那只能是更加说明了车里的东西值钱！

于是，歹徒开始砸邮车。

"住手！不许砸邮车！"其美多吉雄狮一样吼了起来。

手无寸铁的其美多吉，他的挺身护车进一步激发了歹徒的贪婪和凶残。虽然他人高马大，是个一米八五的康巴汉子，但怎能赤手空拳抵挡歹徒疯狂的砍刀？

后来，面对警察的调查，他才知道关键一击来自警棍。因为他无所畏惧，一座大山似的护住邮车，歹徒们多少有些忌惮。于是，一个猥琐瘦小的歹徒绕到侧后，用电警棍击倒了他，其他的歹徒才乱刀齐下。

"知道吗，那是我们用的那种制式警棍，只需杵一下人就要昏迷至少半分钟，让我们有足够的时间把犯罪嫌疑人铐上，或者捆起来。"一个年轻的警察事后告诉他。

几个月后，多吉在法庭上才知道，那是一个黑社会团伙，早就被警方盯上。

出事那天，其美多吉不知道昏迷了多久。他醒来时迷迷瞪瞪，以为自己睡在康定的某家旅馆的床上。直到听见了哭声，才感到不对劲。

努力睁开眼睛，视线一片模糊。使劲聚焦，借着星光，才看清原来拥堵的路上已经没有汽车经过。张牙舞爪的歹徒早已不知去向，只有两辆邮车停在路边，闪烁着应急灯。而哭声，来自守在跟前的李靖。

"邮车……砸开了吗？"

"没有。"

"邮件没事？"

"没事。"

"报……报警了吗？"

"已经打了110。也报告了州局和县局。"

听李靖一说，其美多吉放下心来。他准备站起来，继续开车赶路。但是，身子拒不接受大脑的指挥。他不甘心，再挣扎，刚支起半个身子，马上跌倒。周身是麻木的。左腿一伸，下意识摸了一把，糟了，左腿断了，因为他摸到了骨头茬子！再一摸头，摸了一手黏糊糊的血。流出的血像胶水一样将头发粘结成一团。刚才一摸，还发现左边头皮翻开了，毫无痛感。他要用左手把它拉回来，大脑想的也是指挥左手，但是它没有反应，其美多吉这才意识到可能左手也断了。他只好改用右手，将头皮覆盖在原处，尽可能不让血流出来。

李靖在车上找来自己的衬衣，要将多吉的脑袋包住。包扎还没有完成，多吉头一歪，重新又昏迷了过去。

2. 目睹英雄山一样倒下

其美多吉和李靖，一高一矮，一壮一瘦，外形对比鲜明，差不多代表了甘孜州邮车驾驶员的两极。走在一起，人们很难认为他们是朋友。

李靖至今还记得他们的第一次见面。

十几年前的一天，康定来的邮车和德格回来的邮车先后到达，都在大院里装卸。在一堆熟人中，其美多吉的高大身材、陌生面孔、招牌式的络腮胡子和脑后的马尾巴，立刻把自己凸显出来。他们彼此自我介绍，互敬了一支烟——巧了，都是"阿诗玛"。

其实，之前他们已经知道了对方，现在只是对上号罢了。

李靖很快发现，其美多吉看似粗犷剽悍，其实为人热诚、厚道、谦和、极重情义。每见一次，就会发现他更多的优点和美德，他们关系就会更深一步。

是的，他们是好朋友。但是，他们当时绝对想不到，二人以后还会成为生死兄弟。

那一天的始末，李靖都完整地刻录在记忆里，并且经常回放。2012年9月4日下午，他和其美多吉从青白江出发，在雅安下高速，上318国道，也就是川藏公路。因为天全县内始阳—新沟一线修路，交通管制，所以他和其美多吉四点过就赶到始阳排队，然后利用放行前的时间提前吃晚饭。时间还早，一个五六张桌子的路边店空空荡荡。店里烧菜以鱼为主。李靖痛风不宜吃鱼，而其美多吉自己身为藏族，也忌讳吃鱼，所以他们点了回锅肉、青椒肉丝和土豆丝。两辆邮车同行，其实只有这个时候才是可以交流的。多吉因为大儿子因病猝死，还没有走出伤痛，而李靖因为长期跑车在外而夫妻关系破裂，成为单身汉。家家都有一本难念的经。但是多吉压下自己的悲伤，始终在安慰开导李靖，一席话让他轻松了许多。吃完饭，两个人照例抢着买单，瘦小的李靖抢不过，最终还是多吉把单买了。

放行时已近黄昏。稍微碾压过的路基，总长七八十公里，但李靖觉得有一个世纪那么漫长。路上大坑小坑，让他想到轰炸过的战场。路况很烂，那些货车差不多都严重超载，速度极慢，很难超车。三四十公里后，他渐渐与前面的多吉拉开了距离。天黑下来了。漫长的道路上车灯摇晃着，照耀着前面笼罩在尘土里的滚滚车流。

李靖努力追赶其美多吉，终于在烂路尽头看见了多吉的车。

他是在等我，还是他的车抛锚了？

李靖停了车，向多吉的车走去。

"李靖快跑！"

"不许砸邮车！"

他还没有看见多吉本人，却隐约听见其美多吉在前面喊。

他愣了一下，紧走几步，才看见多吉正在被一伙人围攻。多吉伸开双手，身体紧贴在邮车上，抵挡暴徒。一个个子比他还瘦小的人从旁边溜出来，冷不防抽出警棍，直击多吉颈部。

多吉立刻倒在邮车旁。歹徒们丧心病狂，刀棍齐下。

李靖跑上去，喊着，想阻止。歹徒没有把瘦弱的他视为威胁，不把他当回事。对他的徒劳的阻拦，只是把他推攘开，继续对多吉施暴。

很快，车灯雪亮，大队车流过来了。歹徒们见势不妙，飞蹿上车，猛轰油门而去。

一辆货车开过来，在邮车旁停下。

来人是李靖的朋友小杜。他见李靖的邮车停在路边，一伙人神色慌张，正在离去，形迹可疑，便停车查看。匆忙中，他顺手抓起座边的手电筒，举起一照，记下了最后离去那辆车的号码。

正义终于没有缺席——小杜记住的号码，给随后的破案留下了关键的线索。

其美多吉昏迷着，倒在血泊之中。李靖往地上一坐，抱起多吉的头，请小杜将他车上的被子抱下来，盖在他身上，然后打电话，找甘孜州邮政运营中心主任张克功，找甘孜县局局长生龙降措，打110报案。

终于有穿制服的人来了。他们属于路政，负责路卡。李靖猛然想起，经常路过新沟医院，看见有救护车停在门口，急忙请求路政的人帮忙联系，请救护车过来救人。

等了一阵，救护车终于过来了。虽然仅司机一人，但毕竟是救命的车辆。多吉依旧在昏迷中。李靖请过路的司机帮忙，取下救护车上的担架，几个人将多吉移到被子上，然后牵起四角，放上担架，再抬上车。

多吉始终昏迷。

李靖扶着他，很紧张，感觉他就像一只钻了孔的桶，生命之水正在快速流走。他觉得，他的朋友随时可能死在他的怀里。

3. 生死时速

手机铃声响起。

在双流家中的生龙降措，恍然从梦中惊醒，略一迟疑，生龙降措才想清楚自己是在双流的家里——省邮政局照顾三州的职工，在那里建了一批集资房，生龙降措也买了一套。

铃声是生龙降措自己喜欢的《天边》，降央卓玛唱的，浑厚、甜美，满满的深情。但是在这个深夜里，它听起来却是这样的刺耳，甚至可以说令人毛骨悚然。因为这种时候的电话多半不祥——要么是车祸，要么是急病，更严重的，还可能发生了暴恐之类重大突发事件。黑暗中，生龙降措在床头摸索出手机，接听。

电话是其美多吉打来的。

"我遭了……"他的声音微弱，还有点含混。

生龙降措还没有听明白，电话已经断了。他急忙拨过去，通了，但是无人接听。再拨，反复拨，都无人接听。

他看看表，这时是十一点一刻。

他感到问题很严重，起床。刚刚穿好，李靖的电话来了。李靖很紧张，哆嗦着向他报告了事情的大概。

一家人都被惊醒了，都聚到他这里探个究竟。

怎么办？怎么办？生龙降措闭着眼睛，思考，搜索，再搜索。他突然想到了天全的邮政局长李家康。刚刚结束的培训，他们在一个班，也混得很熟。

还好，李家康也像他一样，手机二十四小时开机。电话接通，老李很亲热。

"老兄，无论如何，要把人给我救下来！拜托了！"

"放心，我马上安排，我马上去医院。"

李家康重情重义，他穿好衣服，边走边给医院院长、卫生局长、交警队长等相关领导打电话，同时赶往医院。

李家康在天全工作多年，为人热情，朋友很多，接到他电话的人都非常重视。

交警立刻停止放行上行车辆，为救护车腾出生命通道，并维持秩序；卫生局安排新沟医院的救护车将伤员送下去，天全县医院的救护车在堵点等着接人，同时医院医护人员做好急救的准备。

生龙降措出门，赶往天全医院。他的儿子呷绒生龙也是邮车司机，并且是其美多吉的徒弟，刚好也在家里。听说师傅出事了，他比阿爸还急，强烈要求与阿爸同行。名师出高徒，呷绒生龙跟了其美多吉一年，得师傅悉心教诲，学得过硬的技术。一路上，他把车开得如同野马狂奔。车上，生龙降措拨通了甘孜州邮政局长登真曲照的电话,将情况做了汇报。登真马上决定，请分管副局长曾华带着局安办、法制办和运营中心等部门的负责人，马上赶往天全，处理相关事宜。

凌晨一点过，生龙降措赶到天全医院时，李家康正守在医院急救室门口。李靖一身血污，歪倒在椅子上睡得鼾声如雷。不见病人，不见医护人员，不大不小的医院显得无比空旷。几盏路灯眨巴着，似乎也昏昏欲睡。

见生龙降措心急火燎的样子，李家康迎上来安慰："莫急莫急，医生已经在处置了。"他握住生龙降措的手说。

不多一会儿，急救室的门开了一道缝，一个护士出来，说还要输血，要生龙降措签字。

"怎么样了？"几个人一齐凑上去。

"伤很重，非常危险。"

门重新关上。又是漫长而揪心的等待。等到凌晨四点，曾华一行赶到。不久，急救室玻璃门再次打开，出来一位中年医生。

"伤员情况如何？"大家又围了上去。

"很危险！我从医以来，从来没有见过这么严重的刀伤，失血严重，好几个地方露出了骨头。"

"能够救活吗？"

"很难说。砍了差不多有二十刀，手术起来难度非常大，也没有成功的把握。我们只是处理伤口，止血，输血。"

"那怎么办啊？"大家面面相觑，盯着医生。

"我们医院的能力和条件有限。"医生目光游移，一脸疲惫。

"既然这里没有条件，是不是马上转院，去成都？"生龙降措看着曾华。

"对！马上去成都！"曾华点着头，急切地说。

"准备送哪里？"医生问。

"当然是华西医院啊。"

"不，他的伤太重、伤口太多，并且涉及四肢和肌腱，最好是送专科医院。"

医生说着，回到急救室，拉开抽屉，在一堆名片里翻找一阵，拈起一张。

"建议去现代医院。"医生将名片递给生龙降措，说，"那里是骨伤专科医院，尤其是在断肢再植、接肌腱方面具有很高水平，到那里，也许还有希望。"

生龙降措和曾副局长一商量，采纳了医生的意见。大家都走得仓促，几个人凑了凑，凑够了几千块钱，才把医院的账结了。几个人合力将其美多吉抬上救护车，由生龙降措父子护送，直奔现代医院。曾华一行则留下来。他们将与雅安市和天全县有关部门接洽善后，督促和配合办案。

其美多吉依然在昏迷中。救护车顶灯蓝光闪烁，一路鸣笛，开始了与死神的赛跑。

生龙降措捏着名片，不断给现代医院张院长打电话，对方关机，再打，还是关机。一直到早晨六点，快进市区了，院长终于开机了，手机里传来一位温文尔雅的知识女性的声音。

"人还在昏迷之中。他头胸、背和四肢都有很深的伤口，很多地方伤及骨头和肌腱。"简单的自我介绍之后，生龙降措通报了伤情。

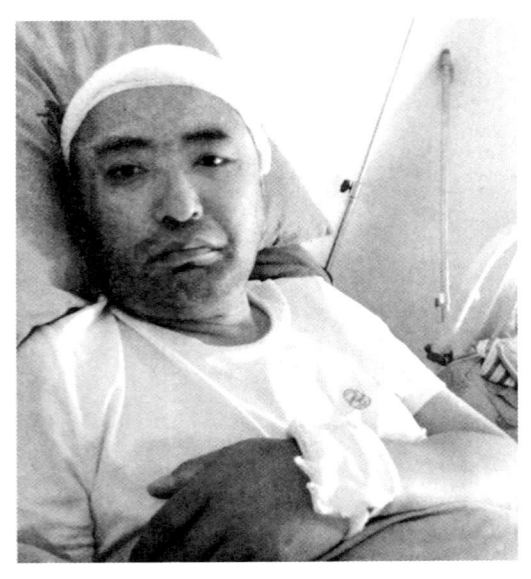

身受重伤的其美多吉

"一分钟也不能耽误，直接开到急诊室！"女院长声音温婉，但处理问题非常利落。

救护车的笛声一直响到现代医院急救室门口。已经有十几个医护人员等在那里。

但是，下车，一时没有担架，生龙降措父子和几个医护人员扯着其美多吉身下的被子四角，抬往手术台。不一会儿，被子已经被血浸透，带出的血块直往地上掉，最大的一块有小碗大。脚步杂沓，地上立刻印满杂乱的血色的脚印。呷绒生龙年轻力大，最后几步几乎是他半搂着将多吉送上手术台的。

手术从早晨7点一直持续到下午5点。整整十个小时。手术过程中，其美多吉几度濒临死亡，医生几度绝望，差一点放弃。

最终，经过了许多人的接力救援和医治，他还是醒了过来。

"他身上被砍了十七刀，肋骨打断四根，左腿和左手的肌腱砍断，头盖骨还被揭掉一块。我从医三十年，从来没有见过这么严重的伤！"急救室门口，主刀医生取下口罩，向生龙降措透露了最新情况。

"脱离危险了吧？"

"暂时还没有生命危险。奇迹啊，简直是超人！换了任何一个人，肯定都挺不过来。"医生非常感慨。

事后，所有的人都感到万分的庆幸——其美多吉拥有怎样的体质和毅力啊。

当然，值得庆幸的还有很多：邮车兄弟李靖随后赶到，及时报告，并且进行了现场救护；生龙降措及时接到电话，他恰好刚刚参加了培训，认识了天全邮政局的李家康局长并留下了联系方式；李局长及时协调各方，交警管制交通，医院两头接力，其美多吉才得以在流尽最后一滴血之前送到了天全医院；天全医院医生认识现代医院院长，并且留有名片可以联系，其美多吉以最快的速度被推上现代医院手术台，他才从死神的魔爪里死里逃生。

其中任何一个环节缺失，他都不可能生还。冥冥中，像是有谁精心预设了一场环环相扣的抢救生命的接力。

重症监护室门外。活下来的其美多吉让大家都松了一口气，也等来了他最需要的人——妻子泽仁曲西。

4. 以爱疗伤

其美多吉出车去成都，泽仁曲西原本是放心的。虽然也是川藏线，虽然也有罗锅梁子、折多山和二郎山等高山险阻，但它们和雀儿山比就不算什么险山了。罗锅梁子的土匪也曾经令人胆战心惊，邱宇就是在那里被子弹打爆双眼的，不过土匪被消灭已好几年了。

虽然没有什么不放心的，但她还是送丈夫上车，启程。等车子开远了，她还是去了德贡布。

"感谢菩萨，是您给了我这个叫其美多吉的男人。"面对菩萨，泽仁曲西又一次这样表达了自己的感恩之心。

是的，泽仁曲西和其美多吉，在德格，在甘孜，都算得上是恩爱夫妻的典范。十六岁那年，她在竹庆河边和他恋爱，随后结婚，他们已经共同走过了将近三十年。

这一天，泽仁曲西基本上没有多想她的多吉。她在家里擦啊，洗啊，做了一整天的清洁工作——她要让他回来时看到一个更加窗明几净的家。

晚上九点过，电话铃响。看到多吉的电话来了，她愉快地想，到康定了吧？今天好顺利啊。

但是，她只"喂"了一下，还来不及问候一声，却听到了她最不想听到的信息。

"我……出事了……"电话那头,声音微弱,最后弱到没有了。

她蒙了。把电话打过去,反复打,疯狂地打,却一直打不通。

她哭了。她知道，他现在非常危险，非常无助。危急关头，需要她作为依靠，需要她提供勇气和精神力量。

她擦了眼泪，迅疾下楼，上楼，敲开办公室主任益登灯真的家门。

灯真已经接到生龙降措的电话，正安排小车。于是，等两个司机到了，直接一起出发。而灯真夫人拉嘎则马上起身，去德贡布为多吉祈祷。

漆黑的夜，车子在车灯捅开的窟窿里疾驰。曲西想着生死未卜的丈夫，心如刀绞。车上，她一直身体前倾，像默默为小车使劲。两个司机轮流开车，车子一直迅疾如飞。

折磨人的旅途中，曲西只有不停念经。她念平安经，也念泽玛经，交替着念。

藏族有个传说，两个鬼想吃人，就商量并分工：一鬼让两口子吵架，让女人负气出走，另一鬼在路边等着，见她出来就将其杀死，然后二鬼一起吃肉喝血。果然，两口子吵架，女人负气出走。但是，女人一看外面阴风阵阵，心中不安，想起阿爸曾经教的泽玛经，准备念。但是，情急之中，她突然脑袋短路了，经文记不全了。不过，她管不了那么多，知道几句就念几句。一边出门,一边磕磕绊绊地念经,她居然平安地走过去了。

家里的鬼出来，急不可耐地要吃肉喝血，却见另一鬼还在外面傻等，就问要吃的人呢？那鬼说，没有看见有人出来呀，我只看见了一个瘸子——那并不是我们锁定的那个人啊。

泽玛——经书念不全的人，或者说瘸子。泽玛经，就是驱鬼或者骗鬼的经文。

她希望，自己背诵的经文，可以驱散所有觊觎丈夫生命的恶鬼。

第二天下午5点过，她终于站在了重症监护室门口。虽然见不到人，但医生一句"暂时没有生命危险"，让曲西有如自己死而复生的轻松与狂喜。只要活着，只要能天天在一起，哪怕他不能康复如初，她也对菩萨感激不尽。

经不起她反复央求，两个小时之后，医生终于准许她进了重症监护室，见到了她的多吉。

她戴着口罩、帽子，只露出眼睛。

他从头到脚被纱布裹扎起来，看不见表情，也无法做出表情。暴露在外的，也只有眼睛。

但是，四目相对，彼此都从对方的眼神里看见了火苗。

其美多吉的眼神说，终于看到你了。

曲西回答，你很坚强，菩萨会保佑你平安。

多吉的眼神说，放心，不会有什么。

曲西说，从现在开始，我会一直守在这里。

多吉的头似乎点了一下，我们不会分开。

在妻子的照料下，多吉经过艰苦的治疗和锻炼后逐渐康复

在重症监护室抢救一个星期以后，多吉终于挣扎着死里逃生。曲西终于可以随时看见多吉了——因为他太魁伟，身体沉重，很难挪动他，所以医生特许曲西参与护理。从此，她成为护士兼护工，天天为他擦洗身子，按摩，翻身，服侍他大小便。

家人和亲戚朋友纷纷从甘孜赶来探视。曲西借了一处房子，在这个临时的家里，天天宾客盈门。所以，曲西在医院里忙护理，还要惦记着家里客人，一天二十四小时一直在忙碌。因为有强大的精神力量支撑着，她铁人一样不知疲倦。日复一日，她坚持一切亲力亲为，依然精神抖擞，没病没痛，甚至连喷嚏都不打一个。

多吉的情况稍微稳定，曲西便把他的营养作为康复的重中之重。牛骨壮骨，牛肉补血。牛骨炖汤，不加任何佐料，随时喝。牛肉剁细，和糌粑做成糊糊，做主食。

医生说，鱼汤有利于伤口愈合，得多喝鱼汤。

藏地鱼多。康巴高原大大小小的河流，都有好多鱼。

曲西记得，当年她和多吉在竹庆河边热恋，从来没有捉过鱼的多吉，蹲在岸边，仅用双手就抓起了一条半尺多长肉乎乎的鱼。曲西最忌讳杀生，生怕伤害了那鱼，让多吉放了它。多吉捉鱼，本来就只是好奇而已。听曲西一说，立马就将手上的鱼放了。看着鱼重获自由，箭一样游走，曲西很开心。

藏人不捕鱼，更不吃鱼。尤其是在康巴地区的甘孜等地，因为在这些地方，人去世以后，不是土葬、天葬和火葬，而是以水葬为主。水葬的道理类似天葬，同样要举行隆重的仪式，念经、煨桑、切割遗体。只不过，最后吃掉遗体的不是天上的秃鹰，而是水里的鱼。死后喂鱼，这是善举，也是人为自己灵魂找到的最后的归宿。因此，就像被视为神鹰的秃鹰一样，鱼不能伤害，更不能吃，因为它们已经具有了神性。

不吃鱼，还有一个重要原因。藏人全民信佛，悲天悯人，敬畏生命，经常放生。放生的对象有牛羊，而更多的是鱼。他们觉得,河里的鱼就包括了放生的鱼,如果把放生的鱼也吃了——那是严重的罪过。

不过,特殊情况下,也还是有例外。

她想起,当初生老大,为了催奶,多吉给她熬了一种牛肉汤,特别好喝。曲西越喝越喜欢,就指定每天都要熬这种汤。有一天,她终于在"牛肉汤"里发现了一根鱼刺,多吉露出马脚了——他是在鱼汤里放了牛肉粒。原来,曲西缺奶,邮车队那些汉族兄弟知道了,就给他说了汉地鱼汤催奶的办法,让多吉也试试。多吉实在想不出其他办法,就熬了这种"牛肉汤"。最终没有瞒住曲西,多吉有些尴尬。但是曲西大度地说,没事,吃就吃呗。

这次,曲西依法炮制。

不过,不杀生,这是曲西的一条红线,不可逾越。于是,她就专门在市场上找已经死去的鱼买下来。

鱼贩喜不自禁,但也纳闷:这个女人怎么专门挑死鱼买?

后来,多吉终于也知道了自己喝鱼汤的事,笑笑说:"你终于报复回来了!"

住院三个月,经历六次手术。医生们像焊接汽车一样"修理"多吉:手脚打了铆钉,头部塌陷处填充了塑料,后来还补了一块钛合金头盖骨。十七处刀口,几处骨肉翻开,几处骨头留下刀尖戳出的窟窿,现在总算都愈合了。而且,愈合后的痕迹很淡。

只是,镶嵌了钛合金头盖骨的部位怕冷,晚上睡觉必须戴一顶厚厚的棉帽。肌腱接头处留下许多疙瘩,如大大小小的瘤在皮下滑动。更严重的是,左手蜷缩,僵硬,五指不能握拢,手臂抬不起来,连藏袍的腰带也无法自己系。

"功能康复的可能几乎为零。医学已经到了极限,帮不了他了。"医生说。

"他头部最可能的后遗症是癫痫。所以,他今后即使有监护人陪伴,也要尽量远离悬崖和高空。"医生又说。

"完了,开不成车了。"其美多吉很绝望,像是一个犯人等来了刑期。

泽仁曲西并不介意。她的多吉人品好,身体好,运气好,组织重视,领导关心,菩萨保佑,所以死里逃生,奇迹发生了。

"即使残疾了,只要活着,可以天天照顾他,我也知足。"她想。

5. 宽恕与复仇

　　扎西泽翁读的那所高校在乐山。

　　这是他有生以来第一次独立生活，离家还这么远。但是他并不觉得孤独，因为他生活在集体之中。更重要的是，阿爸阿妈以及哥哥几乎每天都会打来电话。哥哥的突然去世，让扎西泽翁成为父母唯一的儿子。他们也把原先对两个儿子的牵挂全部叠加在他一人身上。每天的早、中、晚，他们都会分别打电话。阿妈事无巨细，电话长得没完没了，慈母之情水龙头一样流淌。阿爸简短，但是扎呷知道，阿爸爱得深沉，感情不轻易流露。

　　奇怪，他们突然都不打电话了。主动打过去，总是阿妈在接，接通也是匆匆几句，很潦草。这哪里是他们的做派呀，显然阿妈隐瞒了什么。

　　一天，老家有同学来电话，关切地问阿爸情况怎么样了，他反复追问，才知道阿妈隐瞒的，是一个关于阿爸的惊天秘密！

　　不顾阿妈反对，他立马赶到成都。在重症监护室，他急切的目光再也找不到他的阿爸了。病床上的人几乎都一模一样：光头，插满管子，从头到脚缠着纱布。没有了络腮胡子，没有了马尾巴，阿爸居然也可以隐身于光天化日之下。直到阿妈伸

其美多吉与儿子扎呷在一起

手一指，他才艰难地将他从病人中辨识出来。

明白了父亲的伤情，他震惊，更感到可怕。阿爸，一个打不垮的钢铁汉子，有可能再也站不起来了。甚至，完全还有可能失去他。

但是，他一年前才失去哥哥，如果阿爸再有个三长两短，这个家就完了。

于是，他的悲伤转为愤怒，仇恨像气体一样在体内膨胀，膨胀到忍无可忍。虽然手上没有刀，却有拔刀相向的强烈冲动。

与仇人拼命，为阿爸报仇，这个念头挥之不去。此仇不报，他无心上学。

其实，愤怒的岂止扎呷一个人。

"其美多吉被人杀伤，危在旦夕"这个爆炸性的消息，在龚垭，在德格，在甘孜、康定、成都甚至更远的亲朋好友中，迅速传播。

其美多吉的亲戚朋友，是一个巨大的群体。

朋友不说，一般亲戚不说，光是其美多吉和泽仁曲西两口子的亲兄弟亲姊妹就是十几个。多吉不但是八个兄弟姊妹中的老大，在窝公草原上那个大家族里，他也排行老大。人们奔走相告，互相联络，于是五六十人结伴赶往成都。

第一批来了，还有不少人在联络，不少人跃跃欲试。

重症监护室外，曲西临时借住那套房子的客厅里，一个情绪——仇恨，在猛烈发酵；一个话题——复仇，被频频谈起。在前者的推动下，后者慢慢地在由一个话题迅速升级为一个具体的行动。

复仇，具体地说是血亲复仇，这曾经是人类社会的普遍现象。并且，这种行为在古代还被视为天经地义，受到鼓励。

藏民族具有尚武的个性，血亲复仇就具有更深厚的土壤。

藏地有谚语说："有仇不报是狐狸，有问不答是哑巴。"许多藏族作家，比如阿来，比如扎西达娃，他们的文学叙事，都涉及血亲复仇的故事。部落矛盾、争草场、抢生意、情敌矛盾等等，都容易引起仇杀。但是，也有很多个案，它们最初的起因往往简单，屑小，不值一提，让人觉得不可思议。也许是酒后失态，也许是一言不合，也许是个小小的误会。总之，在冲动这个魔鬼的驱使下，必然有人死于刀枪之下。于是，仇就结下了。如果伤者活着，还有化解的可能；如果人死了，麻烦就大了，因为他们认定此仇必报，不报，整个家族都觉得抬不起头。于是，再度有人丧命，新一轮复仇开始。循环往复，冤冤相报，成为死结。如果要化解，只能由活佛、土司和头人出面调解，公断，赔命价。不过，即使协议达成，也未必敌得过血亲复仇传统的强大惯性,协议不一定能够得到严格遵守,仇结了犹未了。

随着新中国的建立,农奴制瓦解,血亲复仇也成为历史。但是,它的影响还在,在某个时候的某个地方,在一定条件下,它还可能死灰复燃。

就在前些年,农区某地,几个人一起干活,有二人本来平时就互相看不惯,现在又话不投机,由口角迅速发展到抽刀互殴,重伤一方送到医院就断气了。死者的哥哥看到弟弟死去,也不收尸了,转身就去找凶手。凶手逃之夭夭,他就去找凶手的哥哥。凶手的哥哥在山上放牛,此时对山下发生的命案一无所知,见是熟人上来,还远远地打招呼。杀手支应着走近,拔枪开火,将对方当场打死,然后潜逃,至今不知所踪。

历史的因子,也在抢救其美多吉的医院现场萌芽,疯长。很快,复仇,几乎成为整个家族的共识。

其美多吉对亲友太好了,许多人都得到过他的照顾,这时一声呐喊就会一呼百应,许多人都愿意为报仇、为家族荣誉而以命相搏。

儿子扎西泽翁、二弟泽仁多吉、小弟弟四郎翁修,还有窝公的两个亲叔叔,是家族三代人中最热血偾张者。而泽仁多吉,又是其中最激烈的一个。

泽仁多吉从小就比较冲动,是几个弟弟中最有"匪气"的一个。乍到病房,一见大哥昏迷不醒,生命垂危,哇的一声就失声痛哭。在泽仁多吉看来,原本世界上最凶残的就是侵略中国的日本鬼子,但是如今,砍大哥十七刀的歹徒,比凶残的日本鬼子还要凶残。仇恨在汹涌,怒火在燃烧,牙齿咬得嘎嘣嘎嘣响。顿时,一切都被屏蔽了,只剩下了报仇、拼命这一个念头。他恨不得立马提刀就走,找到仇人,让他一刀毙命,再补上十七刀。

泽仁多吉当过兵,似乎有那么一点特工天赋,很快就通过转弯抹角的关系打探到了犯罪团伙主要成员的姓名和住址。

他的计划很简单:拉几车人去天全,抓住那些坏蛋,以牙还牙,以血还血。

复仇的计划很快浮上水面。其美多吉两口子也知道了。

这还得了!这不是无法无天了吗?倒下一个其美多吉,这个事件已经重创了受害者、加害者十几个家庭,这还不够吗?倒下更多的人,搞垮更多的家庭,把灾难像雪球一样越滚越大,让仇恨越结越深,对个人、家庭、社会、国家,好处在哪里呢?

曲西找到叔叔和二弟,把其美多吉的话转告他们——

请他们务必相信政府、相信法律!谁要是出头去干犯法的事情,就是给我其美多吉伤口上撒盐,就是在撕我的伤口!

其美多吉的威信和他们两口子在大家心目中人人敬重的地位起到了作用,经过苦口婆心的劝说,熊熊燃烧的复仇烈焰,终于被理性扑灭了。

事实上,法律的重拳很快就落到了歹徒的头上。事件发生不过三天,十二个犯罪分子全部被捉拿归案。

审判之日,其美多吉拄着拐杖在妻子的陪同下出庭。为了防止意外,再度引燃仇恨之火,儿子和几十个要来庭审现场旁听的亲戚,一律被其美多吉严禁前来。

法庭上，公诉人详细介绍了案情和各个犯罪嫌疑人的犯罪事实。控辩双方的陈述，让发生在那个暗夜里的恐怖事件的真相得以复原。

犯罪事实清楚，法律准绳客观，审判结果没什么悬念。

但是，法庭内外，犯罪分子的家属——男女老幼二三十号人，多数人都是农民，周身的泥土味，一脸的可怜相。他们见了其美多吉夫妇，除了道歉，就是诉苦，哭穷。说到伤心处，声泪俱下，甚至下跪。他们让其美多吉两口子看到的，不再是暴力和伤害，而是他们的贫穷、无助、悲惨和绝望。他们是罪犯家属，同时也是犯罪的受害人啊。尤其是那些孩子，他们是多么的无辜！

同情，怜悯。其美多吉内心最敏感的神经，被重重地拨动。一种超乎人与人之间各种界限和藩篱之上的大爱，此刻主导着他们两口子的一切行为。

罪犯家属哭，他们跟着流泪。

罪犯家属诉苦，他们随之揪心。

于是，其美多吉发言了——

"他们虽然犯罪，但是都还年轻，还要重新做人，希望法官对他们从轻判决；他们的家庭条件多数都比我们还差，他们也要生活，孩子也要成长，除了主犯，其他的，经济赔偿我可以不要。"

所有的眼睛，一齐惊愕地看着双拐支撑着的其美多吉。

他们看到了一个康巴汉子博大的胸怀，崇高的精神。

但是，他们看不见的却是，其美多吉一家也很困难。为了其美多吉的治疗和康复，泽仁曲西把唯一的一套住房也卖了，他们一家至今借住在一套公房里。

6. 破坏性康复疗法

在医院里，其美多吉强烈地感受到来自邮政大家庭的温暖。

车队的兄弟们，包括康定车队的李靖等人，都想方设法找机会到成都看望他。生龙降措、益登灯真两位局长，对他更是关心得无微不至。州局登增曲照、曾华两位领导直接指挥抢救和善后，协调雅安有关方面及时破案，他们和李显华、曲桂珍等领导班子成员都先后到医院慰问多吉。

各级领导和同事们的关心，是多吉疗伤止痛的又一种良药。

及时有效的治疗，各种条件的充分保证，多吉终于死里逃生，可以出院了。

不过，出院后的其美多吉，这时有了一个新的身份证：残疾证。

经过官方指定医院鉴定，他的残疾定级为三级。

三级残疾。这个等级伤残的划分依据是四个：1.不能完全独立生活，需经常有人监护；2.各种活动受限，仅限于室内的活动；3.明显职业受限；4.社会交往困难。

那个绿色封皮的小本本似乎很烫手，他看了一眼就扔一边了。"三级残疾"，四个字就是四个重磅炸弹，掀翻了他曾经拥有的一切，尤其是开着邮车奔驰在雪线邮路的那一份自豪和无可替代的快感。

唉，邮车，邮车！他一声长叹。

现在，他的邮车已经被另外一辆新车取代，它就是轮椅。它虽然也有轮子，但是推动它的动力只能是他的老婆孩子。

成都大大小小的医院，包括地方的和军队的，他们都找过了。他的三级残疾，像是一座大山，谁也无法撼动。腿废了，手废了，整个人也废了。看起来，从今以后他只能在轮椅上老去，以一个残疾人的身份度过余生了。

消沉，颓伤，烦躁，像病毒一样在他身上扩散。

只有周末，儿子来的时候，他的情绪会暂时由阴转晴。这时，一家三口在饭后往往都要去不远处的西部汽车城。

这是一家与北京亚运村汽车市场齐名的大型汽车市场，轿车卡车，大车小车，从低端到顶级，各种品牌，几乎应有尽有。其美多吉不但自己是车迷，把两个儿子也培养成了车迷。家里长期订阅《汽车》杂志，汽车进入家庭不久，他就花两万买了一辆二手奥拓，把儿子们带到甘孜的飞机坝学车。扎西泽翁学会开车时，小学还没有毕业。其美多吉父子之间，代沟也是有的。但是一说到汽车，两个人立刻眉飞色舞。

现在，当扎西泽翁推着轮椅上的父亲来到汽车城时，其美多吉立刻安静下来，两眼发光，与先前判若两人。他们最关注新车型，各种牌子，无论是卡车、轿车、越野车和皮卡，都不想错过。他们不但看外形、内饰，还要看底盘、悬挂。他们像专业的汽车工程师，像大型车展的评委，一路检阅下去，直到饥肠辘辘了，才不得不回家。

看汽车成为其美多吉一种持续的消遣。汽车城的汽车，也成为抵抗失落、化解痛苦的一剂解药。但是，当他们回到家里，重新面对日常生活中那些柴米油盐和鸡零狗碎时，失落、痛苦立刻卷土重来，甚至变本加厉。这时，当初的"解药"就变成了吗啡——暂时止痛，过后更加痛苦。

康复治疗期间，其美多吉两口子借舅舅在肖家河附近的房子暂住。

那天，曲西照常用轮椅推着多吉在路上转悠。走着走着，一条古色古香的老街吸引了她。信步进去，才发现是成都著名的中医一条街。街面整洁、清爽，街边银杏和女贞树交错，与车水马龙那些大街相比，环境显得格外清幽。一个个中医馆或者诊所，几乎都装饰着飞檐斗拱，琉璃檐盖，雕花门窗。在一个拐弯处，"曹中诊所"下面"中医骨科"四个小字引起了曲西的注意，就要带多吉进去看看。

"不去不去！"多吉不抱任何希望，拒绝下车。

"进去看看吧，听听这里的医生有什么说法。"

"那么多大医院都解决不了的问题，一个小诊所还能怎样？"

"看看吧，现在反正也没有什么事。"

曲西执拗起来，多吉没有办法，只好妥协，以消遣的心态进去了。姑且把它当成陪老婆逛街、逛商店吧。

其美多吉两口子偶然地进了曹中的诊所。而曹中自己，也是偶然地入了中医这一行。

上世纪六十年代初,成都体育学院学生、四川技巧队运动员曹中翻跟斗意外失手,导致手脚骨折,被也是中医名家的父母送到成都骨科名医刘家义那里治疗。不愧是名医,曹中很快康复,并且没有留下任何后遗症,甚至没有任何伤痕。年轻的后生对刘医生崇拜得五体投地,立马退学,拜倒在刘家义门下。以名医为师,加上本人的悟性和勤奋,曹中全面继承了刘家义衣钵,逐渐在名医荟萃的成都有了自己的一席之地。他专攻骨折,而股骨颈、踝骨和腰椎骨折这三大世界性骨科难题,恰恰成为他的强项。他曾经作为唯一的亚洲人受邀参加在德国举行的骨折治疗的国际学术会议,央视曾经播出过他的专题片,地方和行业媒体的专访报道那就不计其数了。

其实,曹医生只偶尔在这里坐诊半天,其美多吉偶然地撞上了,成为一次改变命运的相逢。

曹医生差不多比其美多吉年长二十岁。他个子不高,在巨人一样的其美多吉面前更显得瘦小。但是他对人不卑不亢,脸上始终谦和地笑着,像一个老朋友,甚至像一个兄长,或者远方的叔叔,一下子拉近了和其美多吉的距离。

"你的伤可能永远治不好。"经过检查,曹医生对其美多吉说。

其美多吉脑袋嗡的一下,他马上让自己冷静下来,心想,成都的医生们不都是这样说的吗?

"也可能彻底治愈。"曹医生又说。

"我都听糊涂了,到底能不能医好啊?"其美多吉急切地问。

"你这是筋挛缩,"曹医生解释起来,"也就是说,韧带之间互相粘连了。"

"我有彻底治好的方法,那就是通过延伸韧带,解挛。"曹医生像老师讲课一样侃侃而谈,"但是,关键在于,患者本人必须具有两个条件:强烈的康复欲望和超人的意志力。"

"这两个条件我都具备。"其美多吉很振奋,"只要能够康复,您说怎么做就怎么做。"

"我这叫破坏性康复疗法,"曹医生继续说,"具体地说,就是要通过外力牵引,将不正常的粘连和挛缩破坏,分离,然后重新愈合,恢复原状。"

"好!老师,尽快给我上破坏性康复疗法!"其美多吉急不可耐。

"将会很痛,甚至很残酷,关公的刮骨疗毒也未必有那么痛。而且,刮骨疗毒是一时之痛,而你的治疗,需要长期坚持。你可要想好哦。"

虽然其美多吉有充分的心理准备,但显然还是低估了"破坏"二字包含的残酷性。因为它持续时间很长,并且不能麻醉,因此,治疗的过程如同受刑,就像坐"老虎凳"——它们都是用外力强拉韧带,甚至使其断裂。

虽然曹医生手法讲究,循序渐进,属于"微破坏",但那里神经密集而敏感,剧烈的疼痛,痛感传递到每一根神经。每一次,其美多吉都等于是上了一次大刑,痛得大汗淋漓,几乎都要咬碎牙齿。

除了医生在治疗床上的牵引，更多的是患者的自我训练。按照医生教的方法，其美多吉用右手把左手抬起来，让它抓住小区的单双杠、吊环或者自家的门框，身体使劲下坠，一次一两个小时，一天要进行好几次。

剧痛，持久的剧痛，一般患者绝对不可承受的剧痛。所以，"破坏性康复疗法"虽然行之有效，但成功率并不高，因为很难有人过得了这一关。

其美多吉之所以扛得住，可以坚持下来，只能说他是超人，因为他的名字叫金刚——多吉，在藏语里就是金刚的意思。

两个多月后的一天，小区临时停水，曲西要下楼提水。多吉说，我也去。他丢了拐杖，一瘸一拐地就跟着曲西走了。水接满，他试着一提，居然提了起来。他迈步向前，虽然腿依然是瘸的，但他比当初第一次开邮车还要兴奋——受伤以来，他还是第一次用左手提这么重的东西。走了很远，才发现曲西没有跟上来。回头一看，她正在路边擦眼泪。

其美多吉鼻子一酸，也哭了。

那一刻，他知道他赢了，他再次创造了奇迹。

第八章：牵挂被邮车拉长

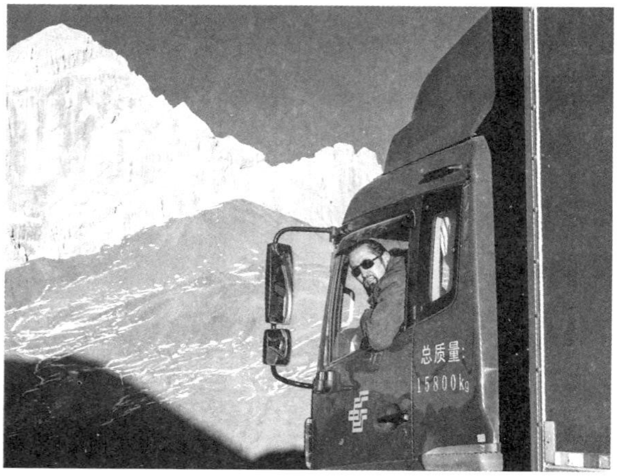
总质量:
15800kg

1. 阿爸阿妈

在医院里，多吉第一次从昏迷中醒来，首先想到的是阿爸阿妈。

他心里特别难过。耄耋之年的两位老人家，去年他们才失去极其疼爱的长孙白加，现在，如果自己也跟着走了，这接踵而来打击，对两个老人家来说，怎么承受得了啊。即使自己能够安然渡过这一劫，恐怕也落下残疾，他们又该多伤心的啊。想到这里，他不安，自责，觉得都是自己不好，接连给父母带来巨大的精神折磨。不过，事已至此，又能怎么样呢？自己唯有挺住，配合医生，寄希望于医生，等到见他们时，希望自己的样子不至于吓着他们。

三天以后，当重症监护室的门打开的时候，一下子进来了几个康巴汉子。睁大眼睛，才看清是泽仁多吉、嘎翁牛麦、次乃雄秋、当秋扎西和四郎翁修——五个弟弟，都赶来了。

病房里，弟弟们伤心流泪，关心大哥的伤势，但多吉最关切的是阿爸阿妈。他劝住弟弟们，急切地询问阿爸阿妈的情况。

在龚垭村当村支书的次乃雄秋，因为性格温和，考虑问题周到细致，被多吉特意留在老家照顾双亲。他给大哥带来了阿爸阿妈的最新信息。

他们没有隐瞒阿爸,因为阿爸内心强大,有主见。这么大的事情,他们也不敢瞒他。因为兄弟们同时外出,动静很大,想瞒也瞒不住。

阿爸的确坚强。当次乃把他拉到一边,将大哥遭难的消息悄悄告诉他时,他不但自己很冷静,还配合儿子们一起演戏,给老伴说老大在成都学习,一时半会回不了家;趁老大在成都,孩子们想去找大哥一起玩玩,就让他们去吧。

阿爸的叮嘱,阿妈的问候,尤其是弟弟们告诉了他许多阿爸阿妈幸福生活的生动细节,让他宽心了不少。此后,父母的最新情况,被源源不断地从老家带来,让他感到欣慰和愉快,成为他康复的重要滋补。

三个月以后,多吉出院,暂住肖家河,进一步康复治疗。这时,阿爸和阿妈一起来了。

多吉每年都要带阿爸阿妈到成都体检一次。年纪大了,他常常对父母身体不放心。每次体检结束,报告单拿在手上,看见上面主要项目指标都正常,他心里才踏实。

这次,二老既是来看多吉,也顺便体检。

阿爸一如既往地坚强,见到儿子只是紧紧握住手,还故作轻松地说:"挺好的嘛,也没有变瘦。"

阿妈就不一样了。她看到了屋里的双拐,看到了那些吓人的伤疤。她哭了。一边哭,一边抚摸那些伤疤。多吉长这么大,身上从来没有过伤口,就连切菜切到手指头这样的事情几乎都没有过。信佛的老太太,她始终想不通,我多吉这么善良的人,又没有招惹哪个,是什么人,这么歹毒,这么下得了手,给我的多吉身上留下了这么多的伤疤?

成都见面之后,再次见面已经是半年以后了。期间,多吉每天都要给父母打电话,问寒问暖,报告自己康复的进展。阿妈听力越来越差了,即使他们用的是老年机,音量大得像是高音喇叭,阿妈也听不太清电话里的声音。于是,阿爸要一边接听儿子电话,一边给老伴现场解说。多吉的电话稍微晚一点,他们的电话就过来了。

在多吉最沮丧最低潮的时候,父母的热线,曲西的悉心照顾,以及领导们的关心,成为他免于崩溃的三大支柱。

多吉出院,回龚垭陪阿爸阿妈暂住。虽然腿还瘸着,身体机能还有待进一步恢复,但是,趋势是一切向好,阿爸阿妈重新放下心来。有老六次乃雄秋常年陪伴,其他几个弟弟妹妹也经常回家,二老身边总是热热闹闹。健康,快乐,无忧无虑。所谓幸福,无非就是这样吧。

但是,多吉不这样想。因为,有一个问题已经折磨多吉很久了——老家的住房还是多吉出生之前修的几间平房,早就显得破旧,并且还有些阴暗潮湿。虽然几经修缮,仍然不再宜居。现在,两位风烛残年的老人还住在那里面,他一想起心里就疼。他把弟弟妹妹找到一起,开了一个专题的家庭会。大家一致同意大哥的提议:在老房子地基上修一座小楼,给阿爸阿妈一个新家!

房子位于川藏公路里侧,背靠著名的嘉察城堡遗址。这是一座三层楼房,一千多平方,除了十几个卧室、客厅、经堂、厨房、卫生间、露台、储藏室,应有尽有。甚至还有一个巨大的阳光屋,摆着沙发、茶几、花架花盆,四季花开,明亮而温暖。整个建筑结构紧凑,布局合理,采光良好,有限的面积得到了充分的利用。

房子的构思、设计都来自多吉。他本来是外行,但是他学习能力很强,并且好问。他通过学习,琢磨,请教专业人员,完成了从总体结构到细节处理的全部草图,包括很复杂的转角楼梯。

修房子的过程非常艰辛。

虽然兄弟姊妹都齐心协力,有钱出钱,有力出力。但是,钱还是远远不够的。为了省钱,多吉拉着几个弟弟去成都买材料,从早上七点开门到晚上关门,他们都在建材城里面转。货比三家,一定要买到最物美价廉的材料。马不停蹄地跑,弟弟们累了,不想走了。"不行,"他拽着他们,"咱们有钱就不用跑了,没有钱,就得跑。"

为了节省人工,他力主借钱买了挖掘机和装载机。房子修好了,将这些设备出租,挣钱还债,为新房画上了完美的句号。

新房落成,多吉再次主持召开家庭会,一致认定,新房既是父母安享晚年的居所,也是八个兄弟姊妹节假日回来团圆的家。老六在具体照顾父母,产权就划到他的名下。

至此，阿爸阿妈四世同堂的梦想终于实现。含饴弄孙，他们充分享受着天伦之乐。一个热热闹闹、生机勃勃、以阿爸阿妈为核心的大家庭，有了崭新的气象。

一切如其美多吉所愿——父母带着满足的笑容住进了新房，连睡眠也比过去好了许多。而多吉自己，也带着一副重新"焊接"过的身躯再出"江湖"，重返邮车。

驰骋雪线邮路，穿越雀儿山，生活重回原来的轨道。他的车上依然为陌生人准备着红景天和肌苷，他依然经常趴在雪地帮人上防滑链，依然经常帮没有经验的司机把车开下危险的结冰路段，依然在堵车时跑前跑后当义务交警。

时间还是回到2018年3月。

当时，其美多吉正在成都，为即将在全国政协礼堂举行的报告会做最后的准备。这时，老六次乃雄秋来电话说，阿爸近两天精神不好，瞌睡多。多吉当即嘱咐六弟，马上将老爷子送成都检查。

不过，阿爸本人拒绝。他说，我没病没痛，去成都干什么？

多吉和弟弟妹妹商量，大家还是觉得到成都检查一次为好，并且决定让老二、老七陪同阿爸。

3月10日，终于把老人家的工作做通了，决定马上去成都。

老六搀扶阿爸下楼。

在转角楼梯上，阿爸累了，停留片刻，再往下走。出门，老七为他拉开车门，搀扶他上车，坐下，把腿抬进车内。坐正了，再把藏袍的下摆收拾好了，正准备关门，老七突然看见阿爸将头靠在座椅上，似已睡着。

"阿爸，"老七拍了拍阿爸，"您累了？"

但是，他们的阿爸，永远也不能回答他们了。

阿爸去世，这是多吉几年内再次痛失亲人。

而且，这次他依然不在身边。对阿爸的亏欠，愧疚，是他心中无法消弭的痛，永远不能释怀。

他唯一可以做的是，把父亲的后事处理得更加妥帖完善。

他和弟弟妹妹商量，决定按最传统的方式治丧，处理阿爸的遗体。在藏传佛教看来，呷多老师活了九十岁，四世同堂，无疾而终，他人生圆满，是喜丧。所以，遗体可以暂时存放在家里，具体地说是一楼灵堂里。他们事先制作了一个木椁，将老人家置放其中。他盘腿，双手合十，神情如同祈祷，念经，也像是在打盹，赤子般安详。木椁里填满干牛粪和其他干燥物，以吸干水分。活佛说，呷多老师始终都会是干净的，放心，不会有任何异味。

在择吉日火化之前，阿爸都将存放在灵堂。香火不熄，酥油灯长明。多吉和七个弟弟妹妹，他们只要回家，就必然要去看望阿爸，就像阿爸生前一样。

现在，阿妈成为八个兄弟姊妹唯一的宝贝，他们加倍呵护。

凡是节假日，能够回家的子女都会回家。尤其是老二泽仁多吉和大女儿牛麦翁姆,回去得尤其频繁。节日的聚会,十几个乃至二三十个人,济济一堂,欢声笑语不断,老太太高兴得合不拢嘴。

八个子女中,每天都在邮路上的老大多吉,是缺席聚会次数最多的。不能经常回家的多吉,只能频繁地打电话,问安,聊天。他们每天至少有一次通话。凡是出远门,一个不可更改的内容,就是给阿妈买礼物。

老伴去世后,在"诲人不倦"的孙子孙女们的指导下,老人家也学会了手机。

先是用老人机,后来更上一层楼,学会了智能机。她不但会接听,而且会浏览微信,视频聊天。儿女们专门建了一个微信群,她天天在群里检阅,三十多个成员,每一个人的蛛丝马迹她都要追踪。她还在手机上把儿女们从一到八,按大小排序。

她一个人在家时,如果寂寞了,她就会即兴点名,"查岗",让他们汇报即时情况。当然,儿孙们都会投其所好,尽往她耳朵里灌好听的。那时,老人家咧嘴抿笑着,脸上挂满幸福和满足。

成为手机达人的阿妈,像菩萨一样慈祥,也像孩童一样可爱。

2. 长兄如父

多吉在重症监护室里昏迷不醒之时，老二泽仁多吉在门外号啕大哭，伤心得像一个孩子。假如哥哥没有了，兄弟姊妹中最不能接受的，也许就是老二。

老大和老二之间，虽然只相差了四岁，但是老二从来不认为自己可以和哥哥平起平坐。很多时候，哥哥的话，比阿爸阿妈说的还要管用。

老二的这种心态，或者说他们兄弟之间的这种互动方式，也许要追溯到四十多年前。

老二从小就不安分，打弹弓，掏鸟窝，和村里几个调皮蛋玩得昏天黑地。更可气的是，他偶尔还偷家里的钱。

那是多吉辍学回家一年以后，春天的一个星期天，阿爸回来了，他的衣服放在房里的凳子上。老二知道老爸衣兜里多少都有点钱。一摸，果然。看看左右无人，抬出一张五元钞，塞进自己包里，赶快逃离作案现场。

身上有了"巨款"的老二，立刻财大气粗。他招来三个铁哥们，急不可耐地跑去代销店，买一瓶甜酒，一包烟，剩下的钱全部买糖。关键时刻，老二也没有被胜利冲昏头脑。他按捺住欲望，拉着兄弟们躲进一处部队废弃的营房废墟，这才开始他们的大餐。他们一边吃糖，一边喝酒，同时还不忘抽烟。

那是多么嗨的一个时刻啊。有糖，有酒，还有烟。老二皇帝一样被兄弟们围着，等着他一轮又一轮的赏赐。

糖吃光，酒喝完，烟也抽得一支不剩。这时，传来了母亲们吃晚饭的呼唤。四个孩子都醉了，一个个摇摇晃晃，傻笑着走在回家的路上。

回到家里的老二，见了老大还装得若无其事。但是，他的"罪行"都明明白白写在脸上——醉意朦胧，也飘在空气里——一身烟味和酒气。

多吉把老二拽进里屋，几句话就让老二如实招来。他严厉地训斥道，你知道五元钱可以买多少粮食吗？你知道我在生产队要多久才能够挣回五元钱吗？你就是这样给弟弟妹妹做榜样的吗？你是老二，怎么还长不大啊？

老二靠在床上，乖乖地听着。但是，好一阵多吉才发现，他已经睡着了。

第二天，多吉一早就上工去了，老二依然上学。中午，在家里的饭桌上，多吉盯着老二，目光锐利。老二不敢对视，但即使低下头，他还是能够感觉到老大锥刺一样的目光。

就是从那时起，他开始怕哥哥，不再敢惹哥哥生气。

后来，老二回顾少年时代，那时自己简直就是个问题少年。他想，如果不是哥哥看得紧，哪有自己的今天啊？

大妹妹牛麦翁姆，在八个兄弟姊妹里排行老三。因为特殊的身世，大哥对他特别呵护，生怕她在家里有一丝委屈。在她的记忆里，大哥从来没有在她面前说过一句重话，从来没有难看的脸色。弟弟妹妹没有谁没有挨过哥哥的严厉批评，但是他这个大妹妹是个例外。兄弟姊妹之间，扯筋拌嘴难免。只要多吉看见，不分是非曲直，他首先要批评的是大妹妹的对立一方。

弟弟妹妹们在哥哥的看顾之下长大了。但是，在哥哥眼里，不论多大，他们永远是他的看顾对象。

几年前的一天，其美多吉的邮车到了德格。邮车装卸的地方，恰好就在牛麦翁姆工作的农业银行旁边。每当这个时候，多吉都要顺便看看大妹妹。事也凑巧，多吉到妹妹的单位时，正遇到她急病发作：大出血，昏倒在地。多吉一看急了，扶起妹妹，背在背上就往县医院跑。到了急救室，他哭着对医生说，求求您了，快救我妹妹！

牛麦翁姆病倒，惊动了所有的兄弟姊妹。那天距离最远的是老七当秋扎西。他在总工会开车，当时正在二百七十公里外的乡镇上。闻讯，他立马回赶，直奔医院，用两个半小时的时间跑完了原本四个小时的路程。

大妹妹幼年不幸，但从龚垭开始至今，她一直生活得很幸福。其中，长兄如父的大哥，起了非常关键的作用。

因为牛麦翁姆在银行工作，心细，善于理财，加之感情深厚而特殊，从阿爸开始，所有兄弟姊妹的存款都交由她管理。她是一个可靠的保险柜、严厉的总管家。不管是哪一家的钱，都是存进去容易，取出来很难。因为凡是取钱，牛麦翁姆都要你说出充分的理由，否则可能被拒绝。

全家人，包括嫂子和弟媳，私下里都对这个讲原则的铁管家夸赞不已。

小妹多吉卓玛，是八个兄弟姊妹中唯一的公务员。她从乡里的共青团干部开始，再从妇联主席、计划生育办公室主任，一直干到乡镇党委副书记。

也许，性格泼辣干练的多吉卓玛，是家里最适合当公务员的。呷多家族祖先是战将，基因里就带有勇猛尚武的遗传。这一点，在她身上也特别突出。很小的时候，她就表现得大胆、强势，敢和男孩子打架，甚至常常为颇为内向的姐姐牛麦翁姆出头。

似乎天不怕地不怕的小妹，在大哥面前，却永远都是一副撒娇的模样。

卓玛是在多吉哥哥背上长大的。哥哥小时候放牛，总是背着小妹，有时还让她骑在自己脖子上。上山的道路陡峭而崎岖，被高高顶在肩上的小妹，居高临下，看出去就特别悬乎。看妹妹害怕了，哥哥就抓着她的双手，举起来。他的双臂像两根支柱立在那里，小妹被哥哥抓牢，安全感有了。于是，兄妹二人更加快乐，继续赶着牛上山。

阿爸不在家，大哥就成了弟弟妹妹的主心骨，填补了阿爸不在时留出的空白。儿时的卓玛晚上总做噩梦，常常梦见有恶狗追撵。哥哥就陪她睡，一旦惊醒，就轻轻拍她，直到她重新入睡。

每当新年,哥哥还要给妹妹们梳头,亲自给她们换上新衣。他很高兴她们打扮得漂漂亮亮。

小妹知道,哥哥是因为弟弟妹妹才忍痛离开学校的。有一天,她看着还没有长成大人的哥哥在烈日下犁地,光着膀子,汗流浃背,牛一样地干活,她忍不住哭了——

哥哥好辛苦啊,为了弟弟妹妹,他付出得太多了。

八个兄弟姊妹,老六次乃雄秋是唯一留在龚垭的"地主"。

起初,他坚决不愿意,谁不喜欢往繁华的地方跑啊?但是,哥哥说服了他,让他心服口服地留在家里,成为阿爸阿妈的"主陪"。

话说回来,没有哥哥,也没有他的今天。他永远感激哥哥和嫂子,他们把本来存给两个侄儿准备将来上大学用的钱,也拿出来给他买了拖拉机。拖拉机带着翻斗,他用它来拉沙挣钱,是他的衣食饭碗,是他兴家立业的基础。

一个夏天,当他在色曲河边拉沙时,不小心触动了翻斗的开关,在他浑然不觉时,满载河沙的翻斗升起来了。当时,拖拉机正好在斜坡上,立马失去平衡,翻倒在河里。正是洪水时节,水势浩大,情景非常可怕。好在拖拉机翻下去时被河边一株柳树挂住了,没有马上被洪水卷走。次乃自己也因为及时抓住了树枝,侥幸脱险。嫂子闻讯最先赶到,她马上联系熟人,带着设备前来救援。弟弟有惊无险,但打捞上来的拖拉机损失不小——发动机报废了。还是在哥哥嫂子帮助下,拖拉机换了发动机,修好配齐零部件,重新欢跑在次乃的致富路上。

现在的次乃有汽车、挖掘机等工程机械设备。在大哥主持下,楼房也盖好了,生活幸福美满。这台拖拉机,过去十来年了,零部件换了又换,至今还在用。它就像一件文物,记载了过去的岁月,更承载着大哥和大嫂的深情。

在电力公司工作的大妹夫启布是家里最活跃的一员。他热情、豪爽、善交际,情商很高。在家里,兄弟姊妹一旦有事,总是他行动最快,办法最多。他对家里的建设非常支持。但是他只做加法,不做减法。他说,咱家这么多兄弟姊妹,这么团结友爱,在德格全县也难找第二家,这全靠大哥把弟弟妹妹们带得好。

3. 儿子、儿媳和孙子

其美多吉被歹徒袭击，虽然他凭着超人的毅力奇迹般康复了，但是后遗症依然严重。诸多的痛苦，不可能连根拔掉。

不过，歹徒加害，主要是外伤；而痛失长子，给他留下的是难以愈合的内伤，这才是他最大的痛，最重的伤。

单位领导，邮车兄弟，亲戚朋友，弟弟妹妹，都在想方设法地安慰他，开导他，温暖他，努力把他从不能自拔的悲伤里解脱出来。但是，无奈多吉对白加爱得太深，白加带走的太多。似乎，他的悲伤没有解药。

时光拽着伤痕累累的其美多吉缓缓前行。小儿子扎呷，大学毕业，参加工作，也成为他的同事。

扎呷的成长，让家里慢慢有了新的变化，形成了新的格局。这次，引领家庭新风的，不再是多吉，也不是曲西，而是扎呷。

扎呷像他老爸一样热情好客，慷慨大方。如果有朋友从外地来，他岂能不尽地主之谊？

来客是彭措但珠。他是扎呷的发小，现在是德格县检察院的司机。扎呷消息灵通，知道但珠过来出差了，第一时间就发微信给他,说今晚我在巴拉咖啡厅请客,不见不散。

但珠忙,很久才回复,说我不方便出来。

扎呷纳闷,说你啥意思嘛?

但珠说,我们一行五人,他们都对甘孜不熟,我走了他们就不好玩了。

扎呷说,这还不简单,一起来呗。

于是,但珠把同事都带来了,三男一女。他们的确对甘孜不熟,和扎呷也显得生分。但珠不停地劝酒,扎呷不断讲笑话活跃气氛。啤酒瓶已经堆了一地,扎呷笑话已经讲了两个,气氛还是温吞吞的。尤其是那个叫单珍拉姆的女孩,矜持,甚至有几分羞涩,几乎一言不发。

东道主扎呷有些尴尬,就继续讲笑话活跃气氛。藏区牧场,海拔高,生活条件差,煮饭夹生。这时因为修路,家里来了工程队。他们煮饭用高压锅,做的饭非常好吃。于是牧民进城,进商店,也想买高压锅。不过,牧民不会汉语,无法沟通,就伸出手做手柄之状,嘴里不停地发出嗤嗤之声。笑话的笑点不怎么样,但扎呷说得绘声绘色,肢体语言丰富,大伙立刻笑得前仰后合,包括单珍拉姆。距离一下子拉近了,单珍拉姆也不再生分。

德格的检察官们工作效率颇高。一个星期以后,他们又来了。这次,扎呷请他们去KTV。

歌厅里,灯光五彩斑斓,朦胧而迷幻。大家已经很熟悉,彼此随便起来。尤其是啤酒一喝,大家都来劲了,都在争抢话筒。

单珍没有唱歌,她坐在闪烁不定的灯影里,像是在倾听,又像是在想心事。

扎呷拿眼角的余光扫视单珍。这时，他才把她看清楚了。她长得很甜美，很清纯，年纪应该和他相仿。她的恬静美丽，让扎呷怦然心动。他点了亚东的《缘》《游子的歌》和王力宏的《唯一》。他是专门为她而唱的，唱得投入，用力，带有一点暗示的意味。

但是，她在听吗？她还是一副淡定的表情，看起来波澜不兴。

时间不早了，几个"主唱"意犹未尽地走出歌厅。就要分手了，扎呷没有犹豫，向单珍要了联系方式。

几个检察官转身离去。扎呷看着单珍渐渐远去的背影，心有不甘，决定请单珍吃烧烤。

当然，电灯泡还是必需的，他把电话打给但珠——他请他们两个人。

烧烤吃得很愉快，他和单珍更加熟络了。烧烤结束，再次分手。单珍刚刚回到宾馆，扎呷的微信就追过去了。

扎呷说，今天这个夜晚美好难忘。

单珍很快来了一个有温度的回复，说因为你甘孜不再陌生。

扎呷立刻给她发过去一首王力宏的《七十亿分之一》。这已经是很露骨的宣示了，单珍装傻，不做反应。

扎呷小小地受挫，收敛了些。他们还是继续保持热线。虽然竭力避实就虚，有点闪烁其词，但是双方都有互动的意愿，一聊就是两三个小时，直抵黎明。

从此，热线建立，微信和电话愈发频繁。每天除了上班、吃饭和睡觉，其余时间都用来打电话了。光是语音互动显然是不够的，还是视频通话吧。互相看着，聊到情深情浓，聊到夜深人静，聊到雄鸡报晓。两个人搜肠刮肚的话都说完了，他们还舍不得离开，就你看看我，我看看你，就这样发呆。

那是 2015 年，春夏之交，一个最宜于爱情生长的季节。

七月，在康巴高原上，是传统的"耍坝子"的月份。这个时候，几乎所有的康巴人，都会聚集到草原上，就像八月的欧美人要涌向海滩一样。

其美多吉终于抽出时间，在草原上陪一回夫妻两边的亲人们。

草原辽阔无涯，绿得天衣无缝。波斯菊、羊羔花、龙胆、绿绒蒿等数不清的野花把大地装扮得姹紫嫣红。地表波浪般起伏不定，像是一张巨大的花毯，被造物主牵起四角在轻轻抖动。

美好的时光，难得的聚会，其美多吉也暂时忘却了内心长期挥之不去的忧郁，脸上难得地浮漾着笑容。

扎呷对阿爸阿妈说，我有女朋友了。

"好啊，"其美多吉眉眼更加舒展了，"什么时候带回来让我们看看？"

"好吧，我让她尽快过来。"

单珍真的很快过来了。一进家门，她很吃惊，没有想到和扎呷家人乍一见面，面对的竟是这么多亲人，这么热闹的场面。

多吉、曲西乃至整个家族，他们更是喜出望外——他们以为扎呷只是说说而已，没有想到准儿媳这么快就真的来了。

单珍很快适应了，因为从扎呷父母到爷爷奶奶，以及其他家人，都是由衷地欢迎她。曲西把她拉到自己身边坐下。奶奶不断往她手上塞各种好吃的食物。

单珍自己都觉得奇怪，自己本来是一个害羞的人，和扎呷家人在一起，怎么没有一点陌生感？

其美多吉暗暗打量着未来的儿媳妇，和曲西交换眼神，二人会心一笑。

一年后，也是七月，一场盛大的婚礼将在甘孜县苹果园小区的社区服务中心举行。

近来多吉喜事连连，因为就在两个多月前，他第一次去了北京，代表雪线邮路的邮车司机接受交通运输部授予的"中国运输领袖品牌"奖牌。

捧着奖牌回来，身上的喜气还在。他见到儿子和准儿媳的第一眼，就觉得天地之间亮堂起来，内心长期笼罩的阴霾开始消散。加上儿子的婚期已近，生活重新充满生机，未来令人期待。

其美多吉依然奔波在邮路上，直到22日——婚礼的前一天，才走下邮车，参与到婚礼的相关事务中。

婚礼是藏式的，也增添了与时俱进的元素，半年前就开始了筹备。最重要最繁琐的准备工作还是酒宴。依照藏族婚礼的传统，糖果糕点、酒水饮料、冷热菜品，全部自己准备。无须通知，也不给主人家打招呼，22日上午，亲戚朋友、不当班的同事，都不约而同地前来帮忙。择菜、洗菜、切菜、洗碗……几十个女人系着围裙干得热火朝天。男人们则忙着搭帐篷，搬柴火，摆桌子，照应临时出现的各种情况。

7月23日，甘孜全境天气晴朗，一个良辰吉日。8时，一身民族盛装的其美多吉，佩戴着华贵的藏式装饰，腰挎古老的藏刀，领着婚车和十几辆白色轿车组成的迎亲队伍，前往白玉县方向，在两县交界处的卓达拉山设置露席，迎接儿媳妇单珍拉姆一行。

草地上铺着藏式地毯，其美多吉率领的迎亲队伍和由单珍舅舅扎西彭措率领的送亲队伍，在此席地而坐，正式见面。新娘单珍头戴蜜蜡头饰，颈上挂着珊瑚天珠项链，腰系金银镶嵌的恰玛腰带，扎着许多根漂亮的细辫，美丽得如同公主。

与此同时，扎呷也在家里，由曲西亲自装扮。一个身穿古代官袍、脚蹬藏靴、腰挎佩剑的新郎即将新鲜出炉。清秀的扎呷，在盛装之下，也立刻让人想到了他们家族那本厚厚的家谱，想到他们冲锋陷阵驰骋草原的祖先。

新郎新娘在家里会合。单珍在厨房里点燃一小块木柴，标志着她已经是女主人，开始了新的生活。

鞭炮和煨桑宣告婚礼的正式开始,而婚礼上的"扎西巴"——吉祥老人曲波的颂词则标志着婚礼序幕的拉开。

一开场，他就呼唤他所知道的一切神山圣海的所有菩萨，招呼他所知道的各教派的高僧大德——似乎他们都被他邀请来到现场，为新郎扎西泽翁和新娘单珍拉姆祝福。随后，他从世

一家人其乐融融

界和平讲到国家富强、经济发展、教育兴旺,从社会安定讲到人民安居乐业,家家和睦幸福;最后落脚到一对新人郎才女貌,珠联璧合,大家祝福,菩萨保佑,今后一定儿女成群,事业发达,日子幸福无边,两个人白头偕老。

曲波是在甘孜茶扎草原上长大的,几乎是文盲。但他长期当基层干部,练就了极其出色的口才。会场上的政策宣讲、婚礼上的吉祥颂词,他都玩得溜熟,深受欢迎。扎西巴说颂词是婚礼必需的程序。他曾经受邀参加过成都、重庆以及甘孜州内各县的许多婚礼。他的婚礼颂词都是即兴发挥,一口地道的"牧场话",虽土得掉渣,但讲究排比、对仗和押韵,很能调动现场气氛,在台上台下引发强烈的共鸣。

婚礼的高潮是献哈达。从多吉和曲西给一对新人献上哈达开始,所有的来宾排成长队,依次向新郎新娘献上哈达。婚礼古老又现代,热闹而庄严。

扎呷和单珍哭了。他们是为自己正在经历今生今世一个最幸福的时刻而激动，也为这么多亲朋好友到场祝福而感动。

多吉和曲西哭了。他们很欣慰，因为儿子终于成为一个真正的男子汉，成为一家之主；他们也触景生情，想起了白加那场没有来得及举行的婚礼；他们还庆幸，生活即将迎来重大转折，他们家将重新变得生机勃勃。

许许多多的来宾也流下了感动的泪水，因为他们不但见证了一对优秀青年的婚礼，也见证了甘孜县最值得敬重的一个家庭，他们的生活如何翻开新的一页。

随着单珍的到来，多吉这个饱受创伤的家庭重新焕发了生机。2016年9月，大孙子昂翁曲批降生；两年后，几乎在同一日子，小孙子根绒将措出世。两个孙子相继到来，让多吉家顿时热闹起来。2011年的四口之家，也变成了现在的六口之家。

两个孙子成为多吉生活中的重要一极，严格地说他们是全家的轴心。只要在家，只要孩子们醒着，总有一个在多吉怀里抱着；多吉出车，曲西往往带着孙子一起；多吉远行归来，给孙子买礼物，成为多吉给自己新增加的硬任务。就是平时，在甘孜街头，玩具，衣服，甚至小裤衩，都可能让多吉心动，很容易让他掏出钱包。

多吉给孙子们买的礼物中，最多的依然是汽车——一如当年给白加和扎呷买的礼物。

带给他最多欢乐的是大孙子昂翁曲批。

小家伙很黏人，每晚他都要缠着多吉，要和爷爷一起睡觉。多吉装作不理他，假寐。他可不吃爷爷这一套。他索性爬到爷爷身上，将爷爷的眼睛剥开，再在脸上使劲地亲上一口。这时，多吉不能再装下去了，不得不睁开眼睛。于是，胜负已定，昂翁曲批以一阵哈哈大笑庆祝自己的胜利。

孙子也让其美多吉恢复了歌唱。

他的歌唱是从给孙子唱摇篮曲开始的。最初是即兴随便哼哼，接下来唱古老的藏族民谣，再后来，他就开始唱他喜欢的那些歌曲，胡松华，李双江，蒋大为，阎维文。当然，最多还是亚东。在孙子面前唱，孙子不在时，他也慢慢唱了起来。

2011年夏天以来，一个自我设定的最大禁忌，因为孙子而逐渐解除。

4. 爱的光亮

妻子泽仁曲西，始终是其美多吉的骄傲。

她美丽、能干、贤惠，不但把一个家庭打理得温馨、整洁、井井有条，而且把夫妻两系的庞大家族各种复杂关系都处理得恰到好处，滴水不漏。在他眼里，她太完美了，就是拿起放大镜来挑剔，也很难发现她的瑕疵。

对任何夫妻而言，爱，都是相互的，也只能是相互的。

那么，曲西眼里的多吉，是什么样的一个男人？

当年在竹庆，曲西为什么爱上多吉？因为他是老乡，有天然的亲切感？因为他英武帅气，她可以小鸟依人？因为他勤劳能干，断定他可以成为一个家庭的支柱？

是的，曲西想过，以上种种，都是她和他相爱的原因。

但是，这只是基础。其实，她对他的爱，是随着时间的推移而与日俱增的。

有一个小故事，让曲西终生难忘。

结婚后，他很体谅她对阿爸的牵挂，就经常回康公村。每次回去，他们都是带上自行车，搭车到德格，再骑车去康公。但是，公路很快就到尽头，自行车只有寄放在附近的道班。不过，阿爸对女儿女婿想得周到，叫曲西的弟弟牵着四匹马下山来迎接。一匹马驮东西，其余的马作为坐骑。

三个人策马上山。但是，曲西回头一看，多吉却没有骑马，而是牵着马在徒步登山。

曲西不解。

多吉说，山高路陡，我这么大的个子，马驮着多累啊。我年纪轻轻，就走回去吧。

那一刻，曲西深受震动。心想，这个男人心真好，对畜生都这么爱惜。善良的曲西本来也有和他类似的想法。现在，她也下马，也牵马而行。

此后，他们都是这样回家。

当年，多吉骑着锃亮的自行车，在竹庆街上，在龚垭到康公的乡间小路上，他都是一道风景。当他的后座上坐上她的时候，这风景更加靓丽。这一幕，是她最美丽最幸福的记忆。

不过，年轻那阵，他们的高光时刻，是在德格的舞台上。

多吉活跃在德格县的演艺舞台，是从调入邮电局以后开始的。本县的新年晚会、春晚、歌咏比赛、民族艺术节、赛马大会，都有多吉的节目。他只要出场，一定有欢呼，有雷鸣般的掌声。那时亚东已经开始走红，但是德格人知道，除了亚东，德格还有一个其美多吉，不但歌唱得好，而且样子还与亚东相像，年龄也不相上下。于是，"小亚东""亚西"的称号就叫出去了。

曲西记得最清楚的，是县里的首届民族艺术节。他们夫妻二人都上场了。多吉唱歌，他唱的是《青海湖》《打青稞》；曲西跳舞，或者说伴舞。演出地点在德格中学的操场。人真多呀，整个操场，人头攒动。州里领导，县里领导，连白加和扎呷这些中学生、小学生都来了。

那天，她穿着自己最喜欢的红色衣服，罩着印了大朵花卉的锦缎藏袍，佩挂着祖传的蜜蜡、珊瑚和珠宝，自己都觉得惊艳。对自己自信，又有多吉在场，跳舞就特别有感觉，感觉可以无休止地跳下去，感觉轻盈得可以飞起来。那时人年轻漂亮，能歌善舞，形象就显得光彩照人。怪不得，这么多年德格就印了一本县志，其中不多的彩色照片中，就有她那天的一张演出照。

扎呷印象最深刻的却是在甘孜的一次演出，地点也是在中学操场。那是夏天，"耍坝子"的季节，甘孜举行艺术节，上千人的盛大聚会。

阿爸上场之前，是一个外地歌手在演唱。那位歌手的出场就很拉风——他是站在一辆敞篷猎豹越野车上，唱着进的操场。这种出场方式在学生队伍里引起呐喊和尖叫。汽车沿操场转了一圈，转完了，歌手也唱完了。因为那时扎呷一家刚刚从德格来到甘孜，所以，阿爸上场，他周围的同学都不认识他。但是，多吉的《阿鲁那康巴》（康巴颂歌）的歌声一响起，大家也开始尖叫了。第一首歌唱完，就有人朝扎呷指指点点。后来，同学们都知道那是他阿爸了，纷纷转过头来看他。

阿爸开邮车威风八面，在舞台上唱歌也威风八面，让扎呷骄傲。因此，初来乍到的他，很快让同学们刮目相看。

艺术节上，生龙降措也是第一次听到了其美多吉的歌唱。

他在帐篷里接待来自州局和各县兄弟局的客人们。《阿鲁那康巴》的歌声，风一样飘进了帐篷，外面掌声如雷。

谁在唱？谁在唱？客人们纷纷打听。

"他就是我们局才从德格调来的其美多吉呀。"生龙降措骄傲地说。

"德格才出了个亚东，这个其美多吉，干脆就叫他亚西算了。"客人们的一个玩笑，却给其美多吉带来了一个绰号。

后来，生龙降措说，他当年之所以很积极地要调多吉，他的人品和技术不是唯一原因。他唱歌的特长也是重要条件。

然而，歌舞并非职业，日常的生活往往与歌舞关系不大。

曲西也曾经在邮电局工作。但是，生扎呷以后，要带两个孩子，多吉又经常不在家，无奈，只有辞了工作，做起了专职太太。

丈夫和家，就是曲西的全部。但是，多吉心里，不但有妻子和家，还有邮车。

家和邮车，是多吉的两极。但是，孰轻孰重？天平两端，也许家重于邮车。但是曲西看来，似乎邮车是多吉骨子里、灵魂里、生命里不可或缺的东西。没有邮车，等于要了他的命。

但是，多吉也是重情的人，无论是对同事，对朋友，对家人。

他有康巴汉子的粗犷，大大咧咧，骨子里多少还有点大男子主义——假如完全没有，他就不是康巴汉子，说不定曲西也看不上他。

然而曲西看来，对妻子的爱和照料，多吉已经做得够好。

他知道曲西和她阿爸之间的感情。因此，老丈人在世，他很照顾她的感受，过年回家，总是安排在龚垭和康公两边轮流。康公那边有事，他和她也总是第一时间出发，尽最大努力提供帮助。在康公家里的多吉，也没有把自己当客人。农忙季节，他总是主动去田间地头，充当主要的劳动力。犁地，施肥，下种，收割青稞，他见啥做啥。

　　那天黎明，弟弟从康公赶来，说阿爸病重。多吉一听，立刻出发去县医院开药，然后赶往康公。但是，人未到，葛松已经走了。曲西伤心，多吉也悲伤得泪流不止。丧事过后，多吉也是想方设法地哄妻子，百般照顾，让她熬过了一段痛苦的日子。

　　夫妻之间，争论和拌嘴是免不了的，多吉和曲西也是一样。但是，多吉再生气，也不会向妻子爆粗口，不会说恶毒的话。他最多是出门，不理她了，自己在外面瞎逛一阵。但是，最终都是他先服软。她还在生气，他却唱着歌，推门进来，嬉皮笑脸地说："老婆，你还在生气啊？算了算了，这回账记在我脑壳上，行不？"

　　爱情需要经营，需要表达，也需要载体。多吉早出晚归，忙得脚不沾地。回到家里，常常是疲惫不堪，时间也不多。所以，容不得他和曲西缠缠绵绵，甚至，很多时候连给妻子几句体己话也没法说。

　　但是，每次出门的时候，多吉都会说，老婆，照顾好自己哦。

　　每次归来，他也会说一声，老婆，辛苦你了。

　　每次出差，他都会记得给妻子买礼物。礼物一般是衣服、饰品、化妆品、珠串。他总是可以让曲西惊喜，每一件礼物总是曲西需要的、喜欢的，甚至盼望的。类型、款式、质地、色泽、都称心如意，好像事先他们商量过一样。实际上，曲西从未向多吉提过什么要求。

很多时候曲西心疼钱，嫌贵。家里太需要钱了。她和多吉，两边都是大家族，兄弟姊妹多，侄儿侄女多，除了维持自己一家人的生活，该应酬该花钱的地方，太多了。

有一天，曲西想明白了——是她的多吉太了解她，太在乎她。

我在他心中有这样的地位，这一辈子值了。曲西想。

第九章：邮车队的兄弟们

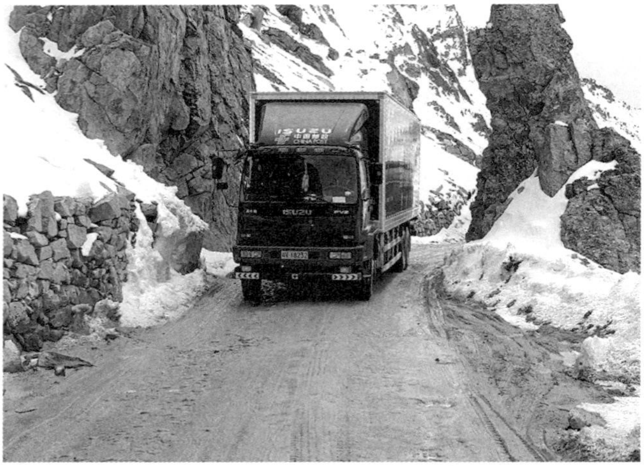
ISUZU
ISUZU

1. 西装革履的那个人走了

邮车队里美男子很多，除了其美多吉，冲多吉也算一个。

冲多吉的帅，是最典型的康巴汉子那种帅。他微微卷曲的头发，留着漂亮的八字胡，挂着金耳环。经常西装笔挺，皮鞋锃亮，衬衣洁白。虽然邮车兄弟们几乎都比较注意衣着，但是冲多吉还是显得独树一帜。

他是转业军人。在部队这个熔炉里走一遭，他是带着一身磨蚀不掉的军人气质走进邮车驾驶室的。

因为邮政系统多年没有进人，驾驶员一直紧张，一辆车，一个人。假如驾驶员休假，邮车就要停下来。因此，邮车兄弟们假如没有迫不得已的大事，都不会请假，都会尽最大努力去保证邮班正常运转。

邮车驾驶员阿泽仁，有一次执行从甘孜到石渠的邮班任务，正常情况下应该是当天下午可以抵达。但是，那天下着大雪，路上积雪半米。虽然海子山没有发生严重堵车，但他也开了一天一夜才到石渠。为了不耽误下一个邮班出发，阿泽仁不顾二十四小时没有合眼，卸了邮件就马上装车，马不停蹄地往甘孜赶。太困了，睡意排山倒海地涌上来。为了战胜瞌睡，保证行车安全，他索性扒了上衣，光着膀子，在风雪里长途行车三百多公里，终于安全地将车开回甘孜。

军人出身的冲多吉，更是一个拼命三郎。他一直在雪线邮车上，从来没有请过假。即使偶尔身体不适，他也硬撑着。

康巴汉子都皮肤黝黑，邮车司机们就更黑了。康巴高原日照强烈，雪地上还有反射光。紫外线的长时间照射下，他们不可能不黑。因此，他们调侃说，我们都从黄种人变成了黑种人了。帅哥冲多吉，他的肤色比黝黑的其美多吉明显还要深。可以说，他最大的特征除了帅，就是黑。他黑得油亮，黑得就像抹了油彩的健美运动员。

不过，那段时间，人们发现冲多吉的脸色越来越黑了。黑得不健康不正常，让人不放心。他和其美多吉家门对门，他们不但在停车场见，进出也随时碰上。他异乎寻常的脸色，引起了其美多吉的注意。多吉多次问他，老兄，你脸色看起来不大好哦，是不是找医生看看？他笑一笑，说没病没痛，没啥。

不过，一转身，他还是感觉得不对劲，很疲惫。

那个早晨，他按时起来，准备出车。他捶了捶腿，第一次在妻子面前说了声累。

妻子说，你请假休息一天吧。

不行啊，邮车怎么能停啊。他轻轻叹了一口气，还是出了门，准备出车。走在路上，还习惯性地捋了捋打过蜡的头发。

冲多吉发动了车子，正要挂挡，局长生龙降措来了。他拉开车门，一把将冲多吉从车上拽了下来。

"你今天就不出车了,我今天给你的任务就是检查身体。"局长严肃地说。

军人出身的冲多吉,脱下军装,依然奉执行领导命令为天职。他第一次缺席了邮班,第一次进了县医院。检查的结果,是肝上有问题,医生要他去康定的州医院再作检查。结果很快出来了:肝癌晚期。

结果令人震惊。但是,大家都不愿意相信这个结论,包括生龙降措。他马上派人,陪冲多吉去成都的大医院,再查,结论依然是肝癌。

十一天之后,兄弟们还没有来得及接受冲多吉患上肝癌这个事实,他的死讯已经传来。

当天,冲多吉的遗体连夜从成都运回了甘孜。

甘孜县邮政局宿舍,冲多吉家里晚上灯火通明。红衣喇嘛们席地而坐,喃喃念经,超度冲多吉的亡灵。

其美多吉率领他的邮车兄弟通宵守灵,最后一次陪伴他们的兄弟冲多吉。

冲多吉和妻子普洛非常恩爱,两口子经常手牵手逛街。突如其来的打击,让她彻底崩溃。他们没有子女,普洛也没有工作,没有了丈夫,经济来源也随之戛然而止,这样的打击实在是残酷。她哭肿了双眼,哭干了眼泪。多吉发动了邮车队的家属们来陪着她,女人们哭作一团。局长生龙降措与冲多吉同龄,曾经长期一起跑车,他们感情深厚。当着大家的面,他流着眼泪表态,局里绝不会对普洛置之不理。这一幕,让所有的邮车兄弟都感觉温暖。

翌日，早晨六点，冲多吉就要上路了，前往色达的天葬台。

在康巴高原上，各地葬俗不尽相同。在甘孜，更为普遍的是天葬。

天葬看似残酷，但是在信佛的藏民看来，人赤条条地来，赤条条地去，今生今世的肉身不过是一件旧衣服。当人的生命戛然而止，魂已飞，魄已散，这件"衣服"所包裹的东西都不存在了，这时弃之，何足道哉？并且，将没用的东西喂了秃鹫——他们心目中的神鸟，这是人的最后一次行善，其意义类同佛祖的"以身饲虎"。作为食肉动物，秃鹫们吃饱了，不再以其他小生命为食，这又拯救了更多的生灵。因此，对藏地的大众而言，天葬是通行的。

冲多吉的遗体已经被蜷曲起来，头屈于膝部，呈婴儿尚在母亲子宫的姿态，用雪白的氆氇包裹。

按规矩，死者是要由亲子背着前往天葬台。冲多吉没有儿子，就由侄子色呷代之。

但是，多吉不忍心他的好兄弟"老冲"就这样走了。当色呷背着冲多吉出门，其美多吉立刻迎了上去，从色呷背上接过那个装着遗体的尖底背篼。

按藏族葬俗，背遗体送往天葬台时是不能哭的。但是，其美多吉无法按捺住自己的悲伤，刚刚将老冲背在背上，眼泪就汹涌而出。虽然遗体被包裹着，还覆盖了藏袍，但是多吉还是透过层层织物，感觉到了老冲的存在。从家门到川藏路口的灵车不过几百米的距离。到了那里,老冲就要直接去色达天葬台了。多吉心软,虽然从佛教教义上来说,逝者即将得到超度,神鸟即将载着逝者直达天堂,但是多吉还是受不了那样的生离死别,因此他从来没有参加过天葬。老冲就要永远地离开了,与好兄弟阴阳相隔,他怎么忍得住那么巨大的哀痛?

其美多吉一直泪流满面。

易晓勇迎上去,接过了多吉背上的背篼。

易晓勇是邮车兄弟中两三个汉人之一。他是"邮二代",父亲易长书和冲多吉也是同事。易长书虽然比冲多吉要大许多,但他们是亲如骨肉的忘年兄弟。所以,冲多吉也把易晓勇当亲侄儿一样看待,易晓勇也把冲多吉叫"冲爸爸"。

易晓勇开始是修理工,冲多吉每次出车回来,邮件一卸,他就把车钥匙交到易晓勇手上。晓勇这时就把他的车检查一遍,再发动车子,在院里开着转圈,再开出去洗了,擦干,又开回来。这就是他开车的起点。

那一年,易长书退休了,准备回老家定居。行前,专门带着晓勇去了冲多吉家。这不是一次寻常的做客,而是托付。

在冲多吉家的客厅里,易长书把晓勇的手交到冲多吉手上,一起握住。他对冲多吉说,我明天就要回金堂老家了,孩子就交给你了,他今后如果表现不好,你可以像我一样收拾他。他也对晓勇说,今后,你一定要用对待我的态度对待冲爸爸!

晓勇将冲爸爸背在背上,想着他对自己的好,想着他可敬的为人处世方式,想着他的辛苦,又想到自己正在把冲爸爸背往天葬台,不舍,伤心,甚至还有负罪感,让他不禁号啕大哭起来。

那天邮车兄弟们都抢着要背冲多吉一程,每人一百米,一直送到车上。所有人都背了,所有人都泣不成声。

生龙降措代表全体邮车兄弟送冲多吉去了色达。他回来对多吉说,那天天葬台的秃鹫特别多,黑压压地飞来,仅仅几分钟,冲多吉的灵魂就随着秃鹫的翅膀飞到了天上。

事后,其美多吉和生龙降措两个人多次说起冲多吉。

"也许,我不该强迫冲多吉去检查,"生龙降措流着眼泪说,"不然的话,他说不定还可以多活一段时间。"

"不,是我对老冲关心不够,他也是累出病的啊。"说着,其美多吉眼泪也出来了。

2. 雀儿山雪夜

跟着其美多吉跑甘孜—德格邮路的兄弟中，林鹏算是频率较高的一个了。

林鹏出生在甘孜，但和易晓勇一样，他是汉族。

在其美多吉的邮车队里，藏汉两个民族的同事之间，是没有任何边界的。都是兄弟，他对谁都一样的亲。

六年前，林鹏的母亲中风，偏瘫了，因为家人无法照顾，不得不住进了成都西岭雪山的养老院。住在那里，资费是很昂贵的。不过那里条件好，老妈在那里兄弟姊妹们都放心。但是邮车停不下来，林鹏一直拖着，好久没有去看老人家。

没多久，其美多吉无意中知道了他家里的事。多吉找到他，把他狠狠地数落了一番。他知道林鹏两口子亲热得不得了，就调侃他，说兄弟，老婆没有了还可以再找，老妈没有了就找不回来喽。你给我赶快走，你的班我来顶！

最让林鹏难忘的是十年前的三月，他俩在雀儿山的一次经历。

在内地，三月已经是春意渐浓的时候了，但是雀儿山的三月，这时还在隆冬。那天他们一如既往，拉着邮件从甘孜到德格,卸下,再装上邮件,返回甘孜。车子出城不久,天上纷纷扬扬地飘起雪来。到雀儿山下,雪越来越大,积雪也越来越厚。上山后,没有走多远,车堵上了。

多吉看了看山上,平时反复折叠、飘带一样弯弯曲曲的公路上,现在堵着望不到头的车辆,光是德格一侧,也有上百辆摆在路上。堵在雀儿山,对多吉来说已经是家常便饭了。因为雀儿山公路极其脆弱,尤其是垭口,路窄,只能一车通行,不要说是雪崩、泥石流和风搅雪,只需要一个小小的事故,也可能造成全线的瘫痪。

他们决定到最近的六道班去了解一下情况。

风雪交加,积雪渐厚,到处结冰,路很难走。一处陡坡,看样子很滑。多吉伸出手,将林鹏拉住。结果,二人的手还没有握紧,林鹏已经先滑倒了,顺带将多吉也拉倒了。两个大男人,在冰雪路上摔得四仰八叉,引得躲在驾驶室的司机们也哈哈大笑。

返回邮车,只有耐心等待。多吉想起林鹏的邮车空调不好——在零下二三十度的雀儿山,这是一个严重的问题。他急忙把他叫到自己车上,拿出曲西准备的锅盔和牛肉干,两个人一起分享起来。

时间在等待中进入夜晚。林鹏有了尿意,下去方便。但是没尿出多少来,只好返回车上。没多久,尿意更强烈了。再下车,还是没有。如是反复几次,憋得越来越难受,后来,肚子也痛了起来。

看林鹏痛苦万状，多吉建议他在地上跳一跳，也许会打通尿道。

林鹏听话，就在雪地上跳。但是，这样非但没有缓解痛苦，反而憋得越发难受，肚子也痛得更加厉害了。

林鹏显然是什么病急性发作了。他脸色煞白，额头冒汗，被一浪高过一浪的绞痛折磨得几乎发疯。在这雀儿山上的风雪之夜，这是一种非常可怕的情况。多吉紧张了。他立刻给德格邮政公司打电话，说明情况，请求派车救人，立刻！马上！

邮政内部非常团结，有互相支援的传统；德格和甘孜两家邮政业务联系紧密，关系尤其特殊；其美多吉是德格人，是从德格邮政调去甘孜的，德格邮政非常熟悉并信任多吉，所以迅速响应，立刻派车。

车子快到了，多吉把林鹏搀扶下车，将自己的大衣披在他身上，一路走到车子可以掉头的地方，将林鹏送上车，给司机交代一番，才返回自己车上。

医院经过超声检查，确诊林鹏的问题是肾结石。但是，德格医院无法做彻底的治疗，只有稍做处置，病情缓解后转院。于是，还是德格的车运送，风驰电掣地直奔成都。

在成都，肾结石当然不是什么不治之症。一个小小的手术，医生手到病除。

医生说，应该是林鹏摔的那一跤，让肾里的结石发生了位移，卡住了尿道，所以疼痛难当。如果再耽误一些时间，就可能引发非常严重的后果。

林鹏被拉走了，他的车留在了山上。

其美多吉想也没想，将林鹏的车厢打开，一个人，一双手，将车上的邮件一一转到自己车上。

凌晨四点，终于重新通车了。多吉请道班工人帮忙看守林鹏的空车，自己开车回甘孜。

六点，多吉回到甘孜，卸下邮件，再装上邮件，天已大亮。

邮车又该出发了。他没有回家，直接开始了新的一天，新的行程。

3. 山顶的玛尼堆

2009年1月10日,登真扎巴接到阿爸去世的消息时,他正在从甘孜去德格的邮路上。

车子到了雀儿山脚下,刚刚开始爬坡,发动机的声音有点大,大哥的电话,他一开始还没有反应过来。直到到了稍微平直的一段路上,重新和大哥接通电话,他才确信,阿爸真的走了。

阿爸怎么就走了呢?前一天的下午,他从德格回甘孜,装卸完邮件,洗车,检查车况。忙完了,回家匆匆扒了几口饭,就赶到县医院陪阿爸。虽然半年前查出胃癌,但阿爸的症状并不是特别明显,很多时候他还显得颇为精神,给人印象不过是得了某种慢性病而已。昨晚,直到深夜,他还在陪阿爸拉家常。后来,是阿爸催他走,他才恋恋不舍地离开。那时到现在,还不到十个小时,一个活生生的人,怎么说没了就没了呢?

扎巴与阿爸感情极深。扎巴是老幺,家里人人宠爱,阿爸更是处处偏着他。他参加工作,到了邮政车队,住在了城里。第一次离开父母,离开南多乡,阿爸不放心,怕他照顾不好自己,就搬过来和他同住。直到扎巴结婚,有了自己的小家庭,阿爸才放心地回到乡下。

扎巴开邮车，也是因为阿爸。

阿爸名叫臣隆，热情豪放，朋友很多，其中就有一位邮车司机。好多年前，扎巴还没有出生，一天，村里来了工作队，其中有一位小李，一个来自康定的汉族姑娘，就住在臣隆家。没多久，一辆邮车停在村口，司机下来，一路问到他家。原来，那人就是小李的二哥。他年龄比臣隆略大，臣隆也就喊他李二哥。他们有缘，彼此看着顺眼，一吃饭一聊天，愈发觉得对路，两个人就称兄道弟了。后来工作队走了，李二哥来得却频繁了。他偶尔跑康定—德格邮路，只要去德格，经过南多乡，他就会来找臣隆。他来时都会带来藏区稀罕的东西，比如一袋米、一壶菜油，或者一捆莴笋、一篮橙子。很多时候，他都会在臣隆家住一晚上，至少也要吃一顿饭才走。他们在一起有说不完的话。臣隆讲甘孜的各种神奇故事，李二哥讲内地的许多趣事。

臣隆和李二哥的友谊持续了好多年。这是臣隆很值得骄傲的一个朋友。可惜，李二哥后来退休，联系就断了。

扎巴到邮政开车，这是阿爸的夙愿。阿爸觉得，当李二哥那样的邮车司机很有面子。同时，他希望开邮车的扎巴，能够为他找回失联的李二哥。

李二哥退休多年，与他同时代的邮车司机基本上也都退休离岗。并且，臣隆并不知道李二哥的真名。针落大海，虽然也是邮车司机，叫扎巴怎么找啊？

一个简单的夙愿，还来不及实现，阿爸已经走了。

他接受不了这个事实。泪飞如雨，两眼蒙眬，人也有些恍惚。

正在这时，其美多吉的电话来了。

"关于你阿爸，都知道了吧？"多吉试探着问。

"我知道，阿爸去世了。"

"那你把车停在路边，我马上派人顶你。"

"不，还是我自己开。"

"听话！在路边等我！"

扎巴把车停在路边了。他非常听多吉的话——因为他是头儿，更因为他是师傅。

凡是新进邮政局当邮车司机的，都要由局里指定一个师傅，跟车学习一段时间。可能是三五个月，也可能是一年半载。哪怕本来就是驾驶员，也概莫能外。比如，扎巴在家里是开农用车的，一般的驾驶技术是有的，但他也必须先当徒弟。

十几年前，扎巴上班第一天，就被局长生龙降措带到多吉那里。他当时并不知道其美多吉何许人也，但是，一接触就觉得这个人技术精湛，待人和气。当天回家，在国税局开车的哥哥来看他，一听说他的师傅是其美多吉，立刻把弟弟抱起来，说兄弟，你运气太好了！你不知道其美多吉在我们心目中有多么厉害！

是的，等扎巴开邮车上路了，才知道他的师傅，在江湖上几乎是一个传奇的存在。他也因为师傅而受益终身。

扎巴坐在副驾上，看师傅讲操作的细节，听师傅介绍应对各种复杂天气、路况的经验。到了邮政所，到了各县邮政，师傅给他讲如何交接邮件。除了这些，师傅还要给他讲路上救助他人的意义，如何帮助他人，哪些地方可以停下来救人，哪些地方不可停留——否则会酿成新的事故。几个月下来，他也亲眼看见了师傅如何帮人上防滑链、推车，一辆接一辆地帮人开车过结冰的陡坡，如何在堵点上指挥车辆进退挪移，让出路面，解除拥堵。他也看见师傅长时间在冰雪里行走，走烂了皮鞋，泡肿了双脚。

扎巴独立开车后，很长一段时间都跟着师傅走。

一天，在德格上邮件，扎巴忘了点数。后来，他意识到了疏忽，但是一想，反正大家都很认真严谨，自己即使没有点数，也不会造成什么损失。于是，就准备开车走了。恰恰这时，师傅叫停，问他邮件的数据。扎巴语塞，不知所措。师傅立马把邮件从车上搬下去，再一件一件地清点，重新装车。整个过程，师傅板着脸，一言不发。直到装好了，看着他将车厢板关严、锁上，才对他意味深长地笑了一下，转身上了自己那辆车。

那一幕，他终生难忘。

如今扎巴已经独立开车十几年了。但是，师傅依然保留了天天给他打几次电话的习惯。他像能掐会算的神仙一样，能够精确地知道你走到哪里了，是石门坎、鬼招手还是老一挡。他的电话，总是在你即将走上关键路段时响起。电话里，他会叮嘱扎巴，现在可能出现什么情况，你要注意什么什么。

现在，他知道扎巴在悲痛之中，电话打得更勤了。他正和扎巴相向而行，几次电话打过，他的车已经到了。

其美多吉见到扎巴时，他正哭得伤心。多吉抱住他，扎巴哭，师傅也哭。

多吉要扎巴跟他的车回去。但是扎巴说，去德格的路已经跑了大半，就别折腾了，再说，现在找人顶我也不容易。

多吉看扎巴态度坚决，情绪也慢慢稳定下来，就勉强同意他继续开车前往德格。

到雀儿山垭口，扎巴再次把车停在路边。不远处的崖下，不知什么时候垮下一堆乱石，俨然是一个天然的玛尼堆。他心里怦然一动。走过去，将石堆上的大石头稍加组合，垒砌，不到半个小时，一个真正的玛尼堆——扎巴专门为祭奠父亲而设置的玛尼堆，就在雀儿山垭口成型了。扎巴念着六字真言，给父亲献上哈达，磕了头，撒了龙达，才开车离开。

那天，扎巴奇迹般顺利，整个雀儿山路段，往返居然都没有堵车。

那天是扎巴一辈子接电话最多的一天。其中，绝大部分是师傅打过来的。

扎巴回到南多乡家里，阿爸已经上路了——他正在被乡亲们送往雅砻江边的水葬地。

在甘孜，亲人是不参加送葬的。因此，水葬都是乡亲们自发帮忙，具体操办。

扎巴至今记得第一次参加送葬的情形。去世的是村里的巴桑老汉，他活了八十几岁，德高望重。那天，除了巴桑的家人和近亲，全村能够出门的男人都参加了送葬。

水葬和天葬有极高的相似度。逝者的遗体也是屈肢捆扎，还原为母亲子宫内婴儿的原初模样。遗体都是由乡亲们轮流背去水葬地。送葬、背遗体，这些都属于乡亲之间互相帮忙，也是行善积功德。就背遗体而言，乡亲们认为，逝者年龄越大，越有声望，背他也就会带来更多的福报。因此，乡亲们争先恐后地背巴桑，连当时未成年的扎巴，也背了好几十步。

雅砻江边，一个河水回流的河湾。这里水深，鱼多，还有开阔的河滩。遗体被平放在地上，绳子割开。在几十个红衣喇嘛的诵经声里，葬礼开始了。天葬有天葬师，但是水葬是无须喇嘛或者职业人员的。肢解遗体，也是由热心公益的乡亲相互帮忙——这是更大的积德行善。

扎巴一点也不害怕，甚至也不觉得神秘。他不眨眼地看着一个老辈带着他的侄儿有条不紊地工作，直至结束，他们在河水里洗净刀具，再用河水、白酒洗净双手。整个过程，他只感觉到神圣和庄严。他似乎真的看见了巴桑的灵魂在河岸上空冉冉飞升。

从巴桑的葬礼，他完全可以想象阿爸的葬礼。整个过程，包括细节，他似乎都历历在目。

正是甘孜最冷的季节，最低温度在零下30℃以下。扎巴知道，雅砻江边寒风凛冽，滴水成冰。为了给阿爸送葬，乡亲们一定冷得直打哆嗦。

他热泪盈眶。既因为升天的阿爸，也因为那些带着深情厚谊送葬的人们。

雀儿山隧道通车之前，扎巴但凡经过雀儿山垭口，都会在那里做短暂的停留。他撒龙达，磕头，祭奠父亲，也祈求老人家保佑他一路平安。

是扎巴的孝心真的被天上的父亲收到了？是扎巴与父亲之间有了灵魂的感应？扎巴觉得，为父亲垒砌了玛尼堆之后，他开车奔驰在雀儿山上时，总觉得如有神助，总是能够化险为夷。

2010年12月下旬，一个下午。

扎巴在山顶的玛尼堆前作了例行的祭拜之后，继续驶往德格。一点过，他来到石门坎——这也是与鬼招手一样险峻的路段。车正在陡坡上，突然右后轮的防滑链断裂。冰雪路上，本来就滑得人都站不稳，现在，右边轮子失去了摩擦力，车子立刻右偏，迅速向悬崖边滑去。这时的路上没有什么可以作为路障的高大物体，只有一个小小的雪堆，微微地凸起在悬崖边缘。危急时刻，扎巴将车对着雪堆滑了过去。邮车奇迹般地停下了。扎巴带着一身冷汗下车查看，发现救他命的，不过是雪堆覆盖着的一个菜墩大小的石块！

他想，这一定是阿爸在天上保佑他。

其美多吉多次见过臣隆。臣隆曾经让扎巴请师傅到南多乡家里喝茶，臣隆也曾经和扎巴一起到多吉家做客。

他们一起喝酥油茶，喝青稞酒，聊邮车队的林林总总，也多次聊起李二哥。

经过雀儿山垭口，开邮车的兄弟们必然要撒龙达。

邮车兄弟都知道其美多吉撒的龙达，既是敬山神，也是祭奠在这条路上逝去的朋友。

也许只有扎巴知道，2009年1月10日之后，师傅撒龙达，要纪念的人中又增加了一个新的名字——臣隆。

4. 第二个"老婆"

经过一年多的治疗，其美多吉基本康复，离开成都回甘孜。

那天，儿子扎呷开车，他们一大早就从成都出发。他们迫不及待，没有按惯常中途夜宿康定，而是直奔甘孜。晚上，车到邮政公司大院，益登灯真、易晓勇、切热、林鹏、登真扎巴、亚他彭措以及其他一众邮车兄弟，都捧着哈达等在那里。

车停下，车门打开，也打开了一个大大的悬念——他们的"其哥"除了脸上添了刀疤和腿伤，身体似乎还是虎背熊腰，魁伟健壮——他还是原来那个其哥。把他上上下下看了个清楚，大伙这才一拥而上，哈达一根接一根地挂上他的脖子。争先恐后的拥抱中，兄弟们都激动得稀里哗啦，泪眼蒙眬。

当晚，家里挤满亲朋好友。大家都来看望多吉，也是见证一个发生在自己身边的生死传奇。

夜深人静，送别客人，其美多吉转身来到停车场，看他日夜想念的邮车。

他的川 V05234 还停在平时的车位上。打着电筒，他绕着车子走了一圈，也把车子抚摸了一遍。

他受伤治疗期间，这辆车由徒弟登真扎巴临时替他驾驶。

车子擦得锃亮，就像他往日出车回来，卸下邮件，刚刚擦洗过一样。开车门，登上驾驶室，打开照明灯。内饰干干净净，各种物件也摆放得整整齐齐。

"伙计，我回来了。"他喃喃地说着，握紧了方向盘。

方向盘的皮套像是一层皮肤，光滑、细腻、温软，似乎还有皮肤的触感，就像久别重逢之际，他重新握着妻子曲西的手。

邮车兄弟把自己的邮车笑称为"第二个老婆"。那一刻，他这种感觉更加真切。

所以，2014年4月，其美多吉正式重返邮车那天，他把兄弟们给他献上的洁白哈达，转身就系上了爱人一般的邮车。

邮车与邮车驾驶员同甘共苦，患难与共。他们和邮车在一起的时间，远远超过和自己妻子在一起的时间。并且，他们每天都要花不少时间洗车、擦车、整理驾驶室，总想让自己的爱车始终干净，漂亮。在这方面，可能没有哪个驾驶员的妻子，享受过这样的待遇。

公开喊出邮车是"第二个老婆"的人是易晓勇。

易晓勇的父亲易长书是川藏线上的第一代驾驶员，至今头上还留着朝鲜战场带回来的弹片。退伍后，他先是在康定，再到甘孜，直至退休一直开邮车。上世纪七十年代的川藏线条件极差，甘孜—德格单程也要三四天，途中还经常遇到土匪和狼群。但是，他对自己的工作有强烈的自豪感。易晓勇刚参加工作时，曾经在成都学习，当时可以留在成都，也可以去重庆。但是易老师傅说，你是单位派出去的，必须回到高原，服务高原。易晓勇听话，回来了，像老爸一样爱车，爱自己的工作。

晓勇也晒得像他的"冲爸爸"一样黑，扎巴给他取了一个藏名：益西彭措。有了这个藏名，他仿佛更加像一个藏族人，一个康巴汉子了。"益西彭措"这个名字，用在他身上，就像是一件为他量身定做的藏袍。

晓勇有两个儿子。但是，妻子生两个孩子时，他都在邮路上。因为他和妻子各有工作，但是家庭和工作不能两全。无奈，两个儿子由父母、岳父母各带一个。一家四口，三地分居。前年，他时隔多年，终于请假回成都金堂县老家陪了大儿子十几天。但是，儿子和他已经非常生分，让易晓勇十分伤心，像孩子一样大哭了一场。

我两次进甘孜，两次都见到了晓勇。我强烈感觉到，有一种明显的忧郁或者伤感笼罩在他生活之中。面对一些话题，他总是欲言又止。

我相信，他对自己的生活现状是不满意的。但是，他又宿命般地走上了邮路，爱上了邮车。

刚开车那阵，路况差，车况也差。颠得车窗都下来了，甚至震裂车地板，要么满车灰尘，要么外面下雪，里面也"下雪"。那时的天气还特别冷，连车上拉的桶装食用油都冻爆了，早上开车上路，此前的准备工作就要花至少两个小时。现在，车况好了，路况也好多了。但是，生活上不如意的也多了。生活越是不如意，晓勇越是努力爱车。

"晓勇，怎么还不回家呀？"一天，有人问擦车的晓勇。

"陪老婆啊。"晓勇一本正经地回答。

"你有几个老婆啊？"那人疑惑，因为他认识晓勇的老婆，知道她不在这里。

"两个呀。"

"哪两个啊？"那人信以为真。

"一个在家，"晓勇向邮车努了努嘴，"一个在这里。"他拍了拍车门。

今年三月，我第一次进德格，坐的是林鹏的邮车。

林鹏有一个漂亮的妻子，有一个浪漫的爱情故事。

二十年前一天，林鹏在朋友家做客，闲翻朋友相册，一个美女的照片吸引了他。春暖花开，流水潺潺，穿灰色风衣的美女在明媚的阳光下更加妩媚，他当时就像被电了一下。当得知是朋友卫校同学后，他无法淡定了，经常让朋友约她出来聚会。一来二去，混熟了，他就经常为她帮忙做事，甚至还装病，让心上人多关注自己，最终让他心想事成。

婚后，林鹏两口子生活也曾经有过比较艰难的时候，不过还是渡过了难关，终于过上了比较舒心的日子。他们在老家泸定城里买了房，儿子刚刚大学毕业，参加了工作。

厄运，总是在人们猝不及防的时候来临。去年底，因为林鹏身体一直有些毛病，从医的妻子不放心，督促并且陪他去成都体检。很难得到一次省医院，于是两口子索性都做一次体检。

结果，被怀疑有病的林鹏没有什么大不了的问题，貌似健康的妻子却检查出了肺癌，并且已经转移至淋巴。

林鹏以深情和体贴帮助妻子承受住了这突如其来的冲击。但是，长期的住院，痛苦的放化疗，林鹏却无法抽身陪她，只有停车后频频地和她视频通话，尽可能把安慰传递给两千里以外的爱人。

妻子和儿子都不在甘孜，林鹏在家的时间更少了。邮车，更像是他第二个老婆，彼此相依为命。

5. 因为其哥

甘孜邮车兄弟们都把其美多吉叫"其哥"。

一声"其哥",几分尊敬,几分亲热。这个称呼仅限于邮车兄弟,暗含了许多他们之间才能参悟的内部密码。

其实,兄弟们私下都说,其哥人虽和气,但是大家都有些怕他。

当然,作为邮车队的带头人,他对兄弟们的要求是严格的。

切热记得,前年在雀儿山雪地上,他的车滑下边沟,陷住了。多吉非常生气,一点不顾及他们两个人年纪相仿,劈头盖脸对他就是一顿狠批。切热很沮丧,但是不能不说多吉批评得对,明明可以通过的,因为是自己没有听多吉指挥,方向打反了,不仅把自己陷住了,更严重的是,在只能容许一车通过的窄路上,他把公路堵死了。当务之急,是要把雪刨开,以便推土机过来牵引。

切热身体不好,容易高原反应。当时,他已经嘴唇乌紫,脸色很不好看。多吉让切热休息,自己抡起铁锨干了起来。闯了祸的切热哪里肯休息,就要抢多吉手中的铁锨。但是,切热哪里抢得过多吉呀,他只好在旁边看着多吉甩开膀子大干。

车队的多少人，都挨过多吉不留情面的批评。

车到站，他都会严格检查车况、车貌。

他经常说，你身上有"中国邮政"四个字，要时刻想到它，对得起它。

挨了批，大家也不会生气，因为他完全是从工作出发，并且句句在理。

他更多的是以身示范。他总是走最艰险的甘孜—德格邮班，总是在必要时为兄弟们顶班。

为了行车安全，他每天轮番给路上的兄弟打电话，问情况，叮嘱注意事项。

他发起成立了互助基金，从开始的每人每月十元，逐渐增加到现在的五十元。钱不多，但关键时刻都发挥了重要作用。

他待人热诚，宽厚。洛绒牛拥是多吉刚刚出师的徒弟。跟他一年多，牛拥说，从来都是师傅从家里带来两份干粮，自己一份，给他一份。他把每一个徒弟都像自己的亲弟弟甚至亲儿子一样带。

多吉家的客厅对兄弟们是永远开放的，他随时可能把某些个兄弟电话叫去家里，吃饭，聊工作，听他们说自己的心事。

他朋友多，出车外地，有时候当地朋友请客，他总是把同行的兄弟一并带上。

亚他彭措原来是农业银行的职工，人长得帅，都说他像香港明星莫少聪，因而有一些姑娘专门跑去看他——他似乎成了莫少聪的替身，在莫少聪的粉丝面前享受着莫少聪一样的待遇。

其美多吉（左）与同事大雪纷飞中在雀儿山脚准备上山　（切热 摄）

农行体制改革时，他拿钱走人，自谋职业。他先后开过茶楼，卖过杂货，甚至误入过传销，都是赔钱。后来，应聘到邮政开车，长期的雪线奔波，他成为亚洲人变"非洲人"的典型代表。他不光是黑，还因为雪盲，导致眼球突出，布满血丝，再也不像莫少聪了。但是，他很满意自己的现状。问他原因，他说，一是身上背着"中国邮政"，代表着国家，很有面子；更重要的是，因为其哥正派，待我们亲如兄弟，是他营造的车队内部环境留住了我们。

亚他彭措、易晓勇、扎巴、林鹏、洛绒牛拥……我见过的所有邮车兄弟，都说，因为有其哥，我们舍不得邮车。

第十章：北京时间

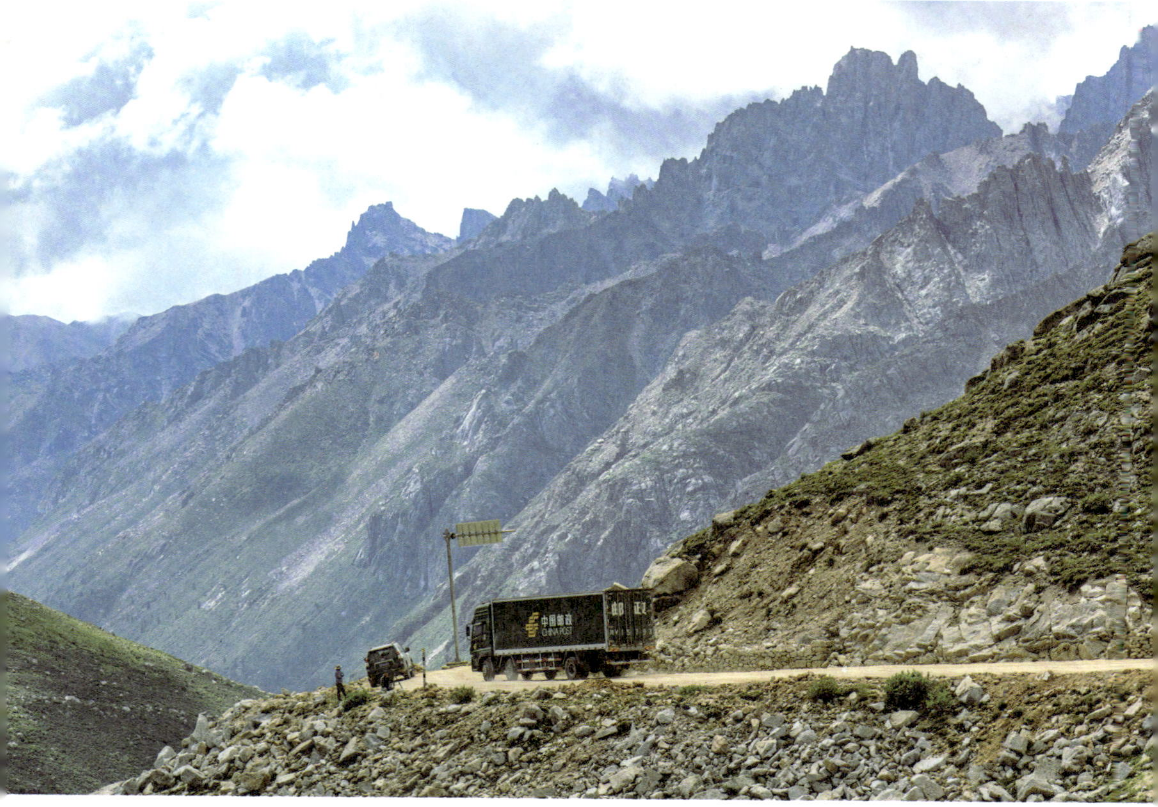

1. 乘着歌声的翅膀

其美多吉就要去北京了。

去北京，这是他很大的一个梦。为此，他已经等待了半个世纪。

多吉记不清楚自己是什么时候知道首都北京的。也许是上小学的时候，也许还要更早些——好像阿爸也给他讲过首都北京。但是，印象都不深。他很清楚地记得，北京让他魂牵梦萦，是从一首《北京颂歌》开始的。那时，他刚刚进德格中学，读初一。

教音乐的老师是同学周良的妈妈，叫李元惠，是一个漂漂亮亮的女教师。她教同学们识简谱，熟悉旋律，然后一句一句地教唱歌词。

　　灿烂的朝霞
　　升起在金色的北京
　　庄严的乐曲
　　报道着祖国的黎明
　　啊北京啊北京

祖国的心脏

团结的象征

人民的骄傲

胜利的保证

各族人民把你赞颂

你是我们心中的一颗明亮的星

火红的太阳

照耀在中南海上

伟大的首都

你是毛主席居住的地方

啊北京啊北京

大庆红旗向你飞舞

大寨红花向你开放

捷报来自边疆海防

喜讯传遍村镇城乡

北京啊北京

我们的红心和你一起跳动

我们的热血和你一起沸腾

你迈开巨人的步伐

带领我们奔向美好的前程

多吉一下子就喜欢上了这首歌。因为这首歌的旋律非常好听，歌词也写得很好，字字句句就像是专门为他这个藏区少年写的。那堂课上，多吉把它工工整整地抄在本子上。接下来的一节音乐课，李老师抽多吉试唱，他居然从头到尾，把这首歌流畅地唱完了，让李老师十分惊讶，把多吉好好地表扬了一番。从此，很长一段时间他都生活在《北京颂歌》的旋律中——因为他只要独处就会唱歌，一唱，必然是《北京颂歌》。

《北京颂歌》像是神鹰，张开翅膀将其美多吉带去了北京。

但是，首都北京，究竟长了个什么模样？他不知道，也没有人告诉他。

是电影《东方红》告诉了多吉更多的关于北京的信息。天安门广场、人民大会堂、人民英雄纪念碑、长安街，他都是从电影里第一次目睹。

那场电影是在龚垭看的，具体地点是在学校的操场上。因为给阿妈熬药耽误了时间，多吉到操场时电影已经开始。他站在最后一排，踮着脚尖才能够看到完整的银幕。他很快就被电影吸引。又一个歌舞节目开始，歌名《双双草鞋送红军》，是男女声二重唱。多吉正看得入神，突然有人朝人丛里撒了一把沙土，引起后排一阵小小的骚动。多吉回头，一眼就看见邻村的索朗，捂住嘴，一脸坏笑。索朗比多吉略大，阿爸死得早，无人可以管束，是村里一匹没有缰绳的野马，一贯惹是生非。多吉明白，刚才就是他干的坏事，但他并不敢肯定，就暗暗盯住他。当操场上复归于平静，人们都聚精会神地看电影的时候，索朗再次抓起了沙土，准备向观众们进行袭击。这时，多吉一把抓住他的手腕，低声喝道，你太不像话了，小心挨揍！

多吉是一个从不惹事的人。话说出口，连他自己也感到吃惊，对比自己还要高半个头的索朗，怎么会如此的不客气？

索朗恨恨地看了一眼多吉，再看看黑压压的观众，悻悻地走开了。

后来，多吉曾经与索朗有过一次狭路相逢。索朗对那天操场上的事一直耿耿于怀，于是他伺机挑衅，要痛殴多吉。然而，他低估了多吉，并不知道多吉出身于一个尚武的家族，这种挑衅反而唤醒了多吉的血性。最后，索朗的寻衅以自己鼻青脸肿结束。这是后话。

看电影的那个夜晚，索朗并没有影响多吉的心情。因为电影很好看，宏大的场面、优美的歌舞让他目不暇接，眼花缭乱。不过，连续的大段歌舞虽然精彩，却难免让人审美疲劳。唯有歌唱家胡松华那一曲《赞歌》，让他如痴如醉，永远难忘，甚至历久弥新。电影里的胡松华还年轻，是一个很帅的小伙子。他目光炯炯，声音很纯净很洪亮，一首歌被他唱得行云流水荡气回肠，让多吉激动得泪水盈盈，战栗不已。从那一刻开始，他成为胡松华的铁杆粉丝，直至现在。

电影过后，不到两天，多吉就会唱《赞歌》了。

在田间地头，他总在唱歌。一唱要么是《赞歌》，要么就是《北京颂歌》。

他的歌声引起了生产队长葛松益西的注意。一天，生产队集体播种洋芋，葛松队长带着一帮老人负责播种，多吉和一些小伙子负责背羊粪，施底肥。中途休息的时候，葛松突然说，多吉的歌唱得真好，大家想不想听啊？

大伙立即起哄，鼓掌。

多吉不得不红着脸站起来，咳嗽两声，唱起了《赞歌》和《北京颂歌》。

这两首歌是一个开端，它们把多吉在乡村的地位一下子拔高了许多。从此，多吉的歌声和葛松队长的格萨尔故事，成为人们在汗流浃背之时主要的精神安慰。这个时期的多吉，个子长得像拔节的青稞一样快。也许是他个子长起来了，也许是对他唱歌的嘉许，总之他一年以后，就获得了和成年男人一样的待遇：工分从半劳力的6分，直接提高到成年男人的12分。

经过两首歌的叠加，其美多吉对首都北京更加神往了。但是，北京离龚垭太远，离他的生活更远，像布达拉宫，甚至像格萨尔王的金碧辉煌的宫殿，遥不可及，既真实，又虚幻。

1995年，好朋友亚东的《向往神鹰》红遍中国。那时的亚东，回到德格，在多吉他们那一帮兄弟看来，他从衣着到精神气质似乎都已经脱胎换骨。在歌厅，在酒吧，他们的聚会少不了《向往神鹰》。他们一遍遍听亚东的"原版"，多吉也当着亚东的面"翻唱"，也就是那个时候，亚东更加觉得多吉凭着天赋，完全可以出去唱，当专业歌手。

多吉没有出去当专业歌手，但是他照样可以唱歌。

上世纪九十年代中期以来，他唱得最多的歌是《向往神鹰》。《向往神鹰》一反过去的藏族歌曲单纯的抒情，转而走叙事的路线。它讲述的是一个藏地少年和飞机的故事,恰恰击中了多吉的心弦。他长期以来关于北京的想象,似乎通过《向往神鹰》而变得更加具体。

"神鹰一样的飞机啊,什么时候,可以带着我飞向北京?"多吉一次次仰望着龚垭的天空,充满遐想。

幸福总是来得突然。

作为康定—德格雪线邮路的职工代表,到北京领"中国交通运输领袖品牌"的奖牌,是其美多吉做梦也没有想到事。

2016年5月19日,当县邮政分公司总经理益登灯真通知他准备去北京时,他还以为对方是在开玩笑。直到事情得到证实,收拾行囊准备启程的时候,他还有些不敢相信,像中了彩票大奖一样,感觉一点也不真实。

他们一行三人,除多吉而外,还有省邮政分公司宣传新闻中心主任陈文毅和甘孜州邮政分公司副总经理曲桂珍同行。两位女士是领导,但也是善解人意的朋友,这次赴北京领奖的一切事务都由她们打理。登机以后,她们还特意让多吉坐靠窗的座位。这样,从起飞到降落,自始至终,他的头都抵在舷窗玻璃上,沉醉地看着外面祥云缭绕的仙境一样的天空。

飞机慢慢下降,一个巨大的城市在无比辽阔的平原上展开。当北京的轮廓在机翼下逐渐清晰起来的时候,扑通扑通,他的心跳突然加速。

《北京颂歌》的旋律,突然在心中轰鸣起来,响彻天地之间,将他覆盖。

2. 灿烂的朝霞升起在金色的北京

去天安门广场，也是临时决定的。

他们在北京的行程里，本来没有这个安排。5月23日下午领奖以后，其美多吉多次就天安门广场向陈文毅问这问那。陈文毅是个有心人，她很快明白了，多吉是带着梦想来的呀，不去天安门广场，对他来说，那就等于没有到过北京！

于是，陈文毅和曲桂珍商量，专门陪多吉去一次天安门。

5月25日，那是多吉他们离开北京的日子。飞机航班是下午的，刚好有半天的空档。

凌晨三点半，陈文毅和曲桂珍就陪着多吉出门了。出政协会议中心，沿着长安街，由东向西，一路步行。东单，王府井，北京饭店，再到天安门广场。沿途的许多地方，都是他早就心心念念的地标，让他惊喜，让他满足，也让他流连忘返，迈不开步子，常常落在后面。

多吉对北京完全是陌生的，普通话也说得不好。两位女士怕他走丢，就寸步不离，片刻不敢让他离开视线。

在夜色朦胧的北京，他们沿街走了四十分钟，终于抵达天安门广场。

东方渐渐亮开，天安门城楼、人民英雄纪念碑、人民大会堂和毛主席纪念堂，都在曙色中浮现出来。多吉激动不已，意气风发，在广场上健步如飞，步履轻盈，就像在梦境里凌空高蹈。他头戴咖啡色藏帽，身穿绛红色藏袍，手里拿着一面小国旗，一路走，一路用手机狂拍。他的藏族装扮，再加上魁伟的身材，帅气的形象，立刻成为广场上一个醒目的目标。他在拍风景，也成为别人镜头里的风景，还有好几个游客要拉着他合影留念。

他们从人山人海里挤过去，迅速站到了旗杆的围栏边。多吉瞪大眼睛，紧盯着国旗班的士兵走着正步，威严肃穆、英姿勃勃地护卫着国旗入场。四点五十一分，太阳在东方的地平线上红彤彤地露了出来。晨光流淌，天地灿烂，乾坤朗朗。与此同时，国歌响起，国旗班的士兵潇洒地将国旗一展，五星红旗在朝霞里冉冉升起。

其美多吉目不转睛地看着旗杆上的国旗徐徐上升，他再一次在心中轻轻地唱起了《北京颂歌》，直到它高高飘扬在旗杆顶端。

那一刻，他禁不住热泪盈眶。

他不停拍照，拍够了，就在广场上给阿爸阿妈，给他的曲西打电话——他要"现场直播"，给他们详细地介绍他在天安门广场看见的一切。

离开国旗，他们还参观了人民英雄纪念碑，登上了天安门城楼。站在领袖们站立的位置上，俯瞰整个广场，他感到自己立刻有了雀儿山一样的高度，胸怀全国，放眼世界，一览众山小。

一身藏族盛装的其美多吉 （周兵 摄）

离开天安门广场之前，他还必须完成一个心愿，那就是瞻仰毛主席遗容。

在纪念堂，当他随着人流，一步步走近伟人时，这个曾面对十几个歹徒而面不改色心不跳的康巴汉子，激动得浑身颤抖起来，他不得不用双手托住自己的脑袋。平静了片刻，多吉才捧起一束鲜花，恭恭敬敬地献上。

事后，其美多吉告诉记者，毛主席在我们藏区人们心目中，是神一样的存在。到北京，见一见他老人家，也是他一个长期的梦想。

当然，这一切，也是要"现场直播"的。但凡他最幸福最激动的时刻，都必须与他最亲爱的人分享。

离开天安门，一行三人直奔机场。他的行囊比来时鼓胀了许多——因为他买了不少礼物，阿爸阿妈、曲西、儿子扎呷，每人都有。礼物包括稻香村糕点、围巾、衣物以及雍和宫开过光的纪念品。

不过，在他看来，给家人带回的礼物中最珍贵的，莫过于他在天安门广场买的小国旗。

3. 北京发布

是金子，它总是要发光的。

其美多吉代表雪线邮路的邮车兄弟在北京领回奖牌之后，他终于被敏锐的记者所关注。他们连续追踪，深入挖掘，越来越多的先进事迹，被各级媒体披露出来，感动了成千上万的国人。

顺理成章的,各种荣誉也接二连三地落到了其美多吉身上——

2017年，当选为交通运输部和中华全国总工会评定的"2016年度感动交通十大年度人物"；

同年，被中央文明办评为敬业奉献类"中国好人"；

2018年3月，其美多吉所在的康定—德格邮路被交通运输部命名为"其美多吉雪线邮路"……

2019年1月25日,晚上9时,这是一个激动人心的时刻——

"时代楷模"其美多吉先进事迹发布仪式，在中央电视台一套"时代楷模发布厅"节目播出。

主持人刚强通过视频介绍雪线邮路，介绍其美多吉。甘孜县邮政两任领导生龙降措和益登灯真、四川省邮政分公司摄影师周兵、四川电视台记者梁丰、多吉儿子扎西泽翁，他们从不同侧面讲述多吉的故事。多吉本人也多次接受采访，袒露自己的心声。

几乎平均每天都要发生一起事故的雀儿山，随时可能夺人性命的鬼门关,其美多吉却三十年如一日,几乎天天都要面对。

平凡却惊心动魄的故事,感动得让现场的人们纷纷落泪。

短片之后,正式发布了《中共中央宣传部关于授予其美多吉同志"时代楷模"称号的决定》:

其美多吉同志是中国邮政集团公司四川省甘孜县分公司长途邮车驾驶员,承担川藏邮路甘孜到德格段的邮运任务。他爱岗敬业,30年如一日,驾驶邮车在平均海拔3500米的雪线邮路上运送邮件,累计行驶里程140多万公里,没有发生一起责任事故。他意志坚强,遭遇歹徒袭击时挺身而出,用鲜血和生命守护邮件安全,身负重伤后坚持康复锻炼,以坚韧的毅力重新走上工作岗位。他珍爱团结,以螺丝钉精神紧紧钉在川藏线上,将来自党中央的声音、祖国四面八方的邮件送往雪域的各个角落,用真情奉献为促进藏区经济社会发展做出了积极贡献,被群众誉为"雪线邮路的幸福使者"。

其美多吉同志是基层一线职工的杰出代表,是维护民族团结的先进模范,是美好生活的创造者、守护者。他扎根雪域高原、坚守雪线邮路的先进事迹,有力弘扬了爱国奉献精神,展现了新时代奋斗者努力奔跑、追梦圆梦的良好风貌,使"老西藏"精神、"两路精神"在新时代焕发出新的风采。为深入宣传弘扬他的先进事迹和高尚品格,中共中央宣传部决定,授予其美多吉同志"时代楷模"称号,号召广大干部群众向他学习。

中央宣传部领导为其美多吉颁发了奖状和奖章。

天使一样的孩子们为其美多吉献上了鲜花。

聚光灯下的其美多吉，面对台下的领导和观众，百感交集，眼眶里饱含泪水。

有"亚西"绰号的业余歌手其美多吉，早已习惯了舞台，习惯了被聚焦，习惯了掌声和黑压压的观众。因此，他不是一个怯场的人。

但是，此刻的其美多吉，的确有些忐忑，有些惶恐。因为，他觉得自己并没有什么特别之处，自己所做的一切，都是本分，都理所当然。前面有生龙降措等领导和前辈，后面有一众邮车兄弟，几乎每一个人都有感人至深的故事，哪一个都配得上英雄的称号。而现在，站在领奖台上的，只有自己一个人。自己何德何能，竟让上级机关和各级领导，给了自己这么大这么多的荣誉？

节目中，摄制组和中国邮政集团公司为多吉准备了一个小惊喜。主持人刚强将大家的目光引向现场大屏幕。现场播放的视频中，根呷、杨国栋、五道班的工人等和多吉一起战斗在雪线邮路的朋友，跨越千里，向好兄弟多吉表达了真挚的感谢和祝福。

"那时候，雪下的很大，其美多吉和他的同事仍然冒着生命危险在工作，他们把前面的路打通了后，我们才能跟着过。我代表我们全家希望其美多吉越来越好！扎西德勒！"

"感谢其美多吉在过去十二年里对我的帮助，过去交通不方便的时候，他帮我们带的手机、手机配件等都很贵重，却从来没向我们索取任何费用，希望其美多吉工作顺利，生活开开心心，扎西得勒！"

"希望我的兄弟其美多吉越来越好，一切顺利，扎西德勒！"

一声声"扎西德勒",击中了硬汉多吉内心最柔软的地方。他落泪了。多吉知道,无论自己身在何处,无论获得了多少荣誉,他的心都属于雀儿山,他会与朋友们永远坚守在无比热爱的岗位上。

节目接近尾声的时候,刚强邀请多吉展示歌喉。于是,多吉和身穿制服的中国邮政的同事一起,合唱了一首《三百六十五里路》。多吉以浑厚而坚实的嗓音领唱,让观众无不动容。

睡意朦胧的星辰
阻挡不了我行程
多年漂泊日夜餐风露宿
为了理想我宁愿忍受寂寞
饮尽那份孤独
抖落异地的尘土
踏上遥远的路途
满怀痴情追求我的梦想
三百六十五日年年的度过
过一日行一程
三百六十五里路呀
越过春夏秋冬
三百六十五里路呀
岂能让它虚度

悠扬的歌声中,多吉表达的,不再是一个藏区少年对飞机、对外部世界的好奇,而是作为一个康巴汉子,对所有关心、爱护和帮助他的人们表达深深的感恩之情。

4. 其美多吉感动中国

一年多时间里，其美多吉除了开邮车，还多了另一项工作——参加各地的报告会。

序幕从 2018 年 3 月 21 日的"其美多吉先进事迹报告会"拉开。

在全国政协礼堂的报告会上，交通运输部为"其美多吉雪线邮路"授牌。这条多吉驾车行驶了近 30 年的康定—德格邮路，如今与他的名字紧紧连在了一起。

主办方中国邮政集团公司邀请了多家国家级重要媒体参加报告会，将多吉的事迹传向全国各地，也让更多的人了解了多吉。

多吉和扎呷作为报告团成员进京，多吉的夫人泽仁曲西、儿媳妇单珍拉姆、孙子昂翁曲批也一起来到北京。

前往北京的多吉悲喜交加。

让他高兴的事情，不用说就是阖家进京了。曲西、扎呷和单珍，他们都是第一次有机会到北京。让家人分享快乐，他感到非常幸福。

他悲伤的是，阿爸刚刚去世，后事还在进行，他们还在服丧期里。按传统，他们一家，现在都是不能外出的。尤其是多吉本人，作为长子，此时他应该在家主持一应事务，直到七七四十九天期满。他左右为难——既不能向领导汇报告假，也不忍向忧伤的阿妈说明情况，并且辞行。

其实，是满脑子责任和规矩的多吉想多了，因为阿妈是深明大义的。当她从二儿子泽仁多吉那里知道了多吉即将赴京参加报告会的事，她不但没有阻拦，反而要求儿子，必须按时启程。

"去吧多吉。北京的事，再小都是国家的事；自己的事，再大也不过是家事。你不能因小失大啊。"老人家抓着多吉的手说。

全国政协礼堂。多吉是第一次走进规格如此之高的讲堂。不过，他没有紧张，只觉得光荣和神圣。但是，扎呷在这里就显得过于青涩，也过于稚嫩。他紧张在所难免。

报告会开始前夕，多吉不断给儿子打气：今天参加报告会的几位领导，咱们不是已经见过了吗？他们多和气啊，你就把他们看作是自己的长辈吧，没有什么可紧张的。

听了阿爸的话，扎呷对坐在台下的若干大领导不再感到畏惧。但是，一个他最不应该畏惧的人，却让他紧张了。

她就是阿妈泽仁曲西。

扎呷在演讲中，因为讲述的都是自己家的事，而阿妈从来没有听他讲过。有些话，当着阿妈的面，他难为情，有些说不出口。所以，他在整个演讲过程中，始终没有看阿妈一眼。直到结束，他终于放松了，看到台下的阿妈，就动情地说："今天，我阿妈也来到了这里，我想对她说一声，阿妈，我爱您！"

曲西站了起来，向儿子挥手，哭了。扎呷长这么大，他还是

其美多吉和妻子在天安门前合影 （何艳华 摄）

第一次当着她的面，直白地向她进行爱的表达，她怎能不感动？

而扎呷，早就该说，也想说的一句话，现在终于在这个庄严宏大的场合说出来了。他就像是经过了一番艰难，终于冲过了一道坎，沐浴在一条快乐的河流里。

其实，坐在观众席前排的泽仁曲西，报告会始终，她一直在流泪。

无论是甘孜州邮政分公司的总经理李显华，还是雀儿山五道班班长曾双全、新华社四川分社融媒采访室主任吴光于，他们讲的都是多吉的雪线邮路、多吉的故事；而多吉和扎呷父子俩，他们也讲雪线邮路，但更多的是讲自己的事，讲家里的事。这些故事，曲西大部分知道，但是也有一些她是第一次听说。她为自己的丈夫骄傲，也为丈夫经历的危险和艰辛而心疼。她一边听台上讲，一边在台下也翻江倒海，心事联翩，眼泪也汹涌而来。后来看电视，她才发现镜头很多时候是对准她的。她后悔不已——老是在哭，这多丢人啊。要是早知道就好了，一定忍住不哭。

单珍也在流泪。她和婆婆一样，都穿着藏装坐在前排，通过报告会，她也更加了解了自己的丈夫，了解了这个家庭。她为自己的公公自豪，也为扎呷的表现而欣慰。但是，她也纳闷，她的丈夫——平时寡言少语的扎呷，居然可以在这么庄严的礼堂做报告，而且声情并茂，每一句都打动人心，最终引发雷鸣般的掌声。这个跨度实在太大了，太不可思议了。

不要说其美多吉的家人，不要说全国政协礼堂报告会现场的听众，任何一场其美多吉的报告会——从人民大会堂有国家领导人参加的报告会，到甘孜州内最偏远的稻城、石渠举行的报告会，所有的听众，他们无不被其美多吉的故事深深震撼，涌出感动的泪水，为其美多吉送出最由衷最热烈的掌声。

不是因为其美多吉多么擅长演讲，而是在于其美多吉故事本身的质朴、真实、不同凡响，在于他对理想三十年如一日的坚持，让他和他的讲述自然地具有了令人感动的强大力量。

2019年2月18日，也就是其美多吉在荣获"时代楷模"称号一个月之后，他当选"感动中国2018年度人物"。2019年9月5日，其美多吉又入选第七届全国道德模范。

我相信，还将有不止一个的殊荣授予其美多吉。这些殊荣，不管级别有多高，分量有多重，其美多吉——一个平凡而伟大的邮车司机，一个岗位普通却感动了全中国的当代英雄，他都当之无愧。

我还相信，其美多吉不管头上有多少光环，他还是那个技术精湛、乐于助人、不畏生死的邮车司机，还是那个先人后己、古道热肠、慷慨大方的多吉大哥，还是那个对阿妈孝顺的儿子、对妻子忠诚的丈夫、对儿孙慈祥的父亲和爷爷。

当然，他也会继续像爱自己的爱人一样，继续爱绿色邮车。

尾　声

2019夏天。成都下南街车水马龙。熙熙攘攘的行人中，其美多吉正从斑马线向我们走来。魁伟的身材，谦和的微笑，以及络腮胡子、脑后的马尾巴，让他有了很高的辨识度。凉风徐徐，仿佛是专门为拂动他的长发美髯而来，让其美多吉显得更加潇洒俊朗，风度翩翩。

很少有人知道，重伤留下的隐痛潜伏在他身体的许多部位，它们就像歹徒埋下的一些微型地雷，一有时机，就会此起彼伏地发作。只有脸上那道七八厘米长的刀疤，像是一处明显的伏笔，让那些惊心动魄的往事若隐若现。

刚才，他又一次在省邮政公司接受了媒体采访。现在，采访结束，出邮政公司，过街，准备坐公交车，再转地铁回双流的临时住地。

公交车站台，不经意一瞥，就看见了关于他的宣传画。等车的几个人也在看，指指点点，似乎有人认出他了。他赶快侧过脸，转身走了。步行到下一站，也有他的宣传画，也有人在看，他继续往下走。后来，他已经记不起走了几站地了。突然，一阵熟悉的香味飘来。他站住，左看右看，才发现不远处就是"家常面馆"。康复治疗期间，他是这里的常客。

晚餐时间即将到来。小店里已经有了不少顾客。他坐在一个角落，要了一碗牛肉面。面一如既往地好吃，他吃完后决定再来一碗。刚站起来，准备告诉服务员。邻桌一个女士惊喜地叫了一声："你是其美多吉！"

其美多吉一愣，回头，友好地笑笑，赶快摸出一张十元钞票递给老板，匆匆离开。

进入春天以来，多吉参加的活动和接受的采访也多了起来。

"其美多吉先进事迹报告团"组建于 2018 年年初。除了主角其美多吉，成员还有中国邮政集团公司甘孜州分公司总经理李显华、雀儿山五道班第十六任班长曾双全和新华社四川分社融媒采访室主任吴光于。此外，报告团还有一个特别的成员扎西泽翁，也就是扎呷。

最令其美多吉感到意外和欣慰的，是儿子扎呷。

这个在学校里被老师提问都有些忸怩的孩子，在巡回报告中，他的演讲却落落大方，收放自如，在每一次报告会上都大放异彩。他仿佛是草原上那些仲肯——神授艺人，突然获得了神的青睐，被赋予了神奇的口才，让所有的人都刮目相看。

聚光灯下的其美多吉，与儿子扎呷相比，他的感觉并不轻松。

今年开始，时间不再属于自己。安排满满，节奏很快，战线很长。一些时候除了赶路，上午、下午都有演讲。

做报告、接受采访、参加座谈，哪一样都比开邮车累人。

尤其是座谈，很多时候临时才知道主题，甚至开始了才知道并非座谈，而是要他做主讲嘉宾。那时他脑袋空空荡荡，完全是蒙的，不知道从何说起。这种时刻，让他镶嵌了钛合金头盖骨的脑袋显得有些难以招架。

但是，其美多吉也知道，做报告这也是工作，是比开邮车还要重要的工作。尤其是，自己已经是一个共产党员，只要组织上需要，自己就应该全力以赴，力争把自己那一份工作做到最好。

明天，他又将飞到某省会，又是一个需要他发言的活动。

"我又该说些什么呢？"他又开始了搜肠刮肚，在心里做起了功课。

手机在兜里震动。摸出来，立刻响起了他的好朋友亚东的歌声。

电话是妻子泽仁曲西打来的。

"你那些邮车兄弟都在问，你什么时候回来？"嘘寒问暖之后，曲西说。

"告诉他们，就说快了！"他大声地说。

是的，他想尽快回去。经历了许多事情，走过了许多地方，他更加觉得，他生来就属于康巴高原，属于雪线邮路，属于邮车。

后　记

1.

人与人的相遇是需要缘分的。

这有点宿命，但我相信。因为我和其美多吉的结识，这就是最新例证。

今年二月底，当我接到写其美多吉的邀请时，我和他还生活在各自不同的世界。

当时我正在写一部长篇小说。小说已经酝酿了三年，终于开工了。开始很折磨人，连写了五个开头，都废了。到了第六次开头时终于有了感觉，慢慢顺了，渐入佳境，势如破竹地进入到第四章了。这时，要放下手上的活，显然是不合理的。

对其美多吉，我也是一无所知——因为聚焦于小说，其他的一切都被我有意屏蔽。

但是，上网搜索一下"其美多吉"，关于他的海量信息铺天盖地：藏族、康巴、邮车、感动中国……几个关键词像是几根结实的桩脚，牢牢地打进我的意识，立刻建立起巨大

工作中的其美多吉 （周兵 摄）

的想象空间。

  我还注意到他是德格人，是格萨尔的同乡；他是著名歌手亚东的好朋友，也有一副好嗓子，如果当初接受了亚东"出去一起发展"的邀请，他的人生完全可以是另外一种面貌。当然，他的事迹也是感人的——他在雪线邮路驰骋三十年，救人很多，帮人修车、挂防滑链、在最危险的冰雪路段帮人开车等义举不计其数。

  尤其是为了保护邮车，被歹徒砍了十七刀，断了四根肋骨，左腿和左臂肌腱砍断，头盖骨被揭掉一块——就这几根粗线条，已经勾勒出了一个英雄人物的轮廓。

  还在电脑跟前，我已经被点燃了。我决定了，写，并且马上动手写！

  此刻，当我的书稿已经画上句号的时候，我特别庆幸——

  其美多吉——同时代的一个英雄，我没有与他擦肩而过。

2.

3月5日，在中国邮政集团公司四川省分公司对面的一家酒店，我和其美多吉正式见面。

他从街对面的高架桥下向我走来，走得大步流星。他一米八几的个头，在相对矮个的成都人中间，那是一个巨大的身躯在大地上移动。他标志性的美髯长发让他看上去颇有古风；天生一副英雄的身躯，令人想起格萨尔和他那些战将。后来我才知道，他的祖先，可以追溯到格萨尔王麾下那个与嘉察协葛齐名的战神丹玛。

其美多吉的性格，与他的粗犷剽悍的外貌反差很大。他为人低调谦和，感情丰富细腻。有一个令我印象深刻的细节，乍一见面，他看见我的房间只有很小两瓶矿泉水，就执意下楼，买了一桶纯净水提上来，这才坐下来，喝我给他泡的茶。

歹徒给他造成的伤害也是明显的。除了脸上的刀疤，还有看不见的伤——他不能久坐。我让他靠在飘窗上，用枕头垫着背。就这样，他还不停地捶打自己的腿。

虽然属于不同的民族，各自经历也有较大差异，但我们还是说得上一见如故。我们一人捧一杯茶，不像是采访，更像是两个老朋友在聊天，话家常。

可惜，他的时间不属于自己。我见他时，"其美多吉先进事迹报告团"已经组建，我们的见面实际上是在他两次活动之间的间歇。

作为纪实文学的主人公，其美多吉却很难有时间接受我的采访。我们在一起的时间太少，这也是我这次写作的最大遗憾。

3.

3月下旬，我独自开车前往康巴高原。

二郎山曾经是康巴高原很难翻开的封面。现在隧道打通了，高速公路直达康定。但是，出二郎山隧道，迎面而来的依然是另外一个世界。二郎山背后，成都平原阳光明媚，柳绿桃红；而只隔了一条隧道的距离的康定，却是满山枯黄，大雪纷飞。

还在城边，雪已经堆积起来。一个半坡上，我明显感觉到车屁股甩了一下。这是路上有暗冰了。在白马部落挂职期间，我的车子曾经在黄土梁的冰雪路上失控，原地掉头，倒着滑下边沟。虽然，我的车很快就被好心的过路司机们合力拉了上来，但是对冰雪路上溜滑的恐惧，病根一样留在了身上。

我为冰雪忧心忡忡。而甘孜州邮政的朋友们，也不止一次地来电话叮嘱，他们担心的是我能否经得起高原反应的考验。见我铁了心要进去，只好准备了红景天和肌苷之类以防

其美多吉所在的康定－德格驾押组荣获"全国工人先锋号"荣誉称号　（周兵 摄）

万一。

在康定的一间茶楼里，甘孜州邮政分公司总经理李显华带着公司服务质量部经理王玉辉，和我聊了一个晚上的雪线邮路。

上世纪七十年代，一个六岁的小男孩第一次离开康定县孔玉乡的家，跟阿妈去康定城——他阿爸在那里工作。这是一段步行三天的路程。第一天中午，他们停下来就着泉水吃糌粑的时候，他在路边草丛里捡到一封打了邮戳但没有拆封的信。母子俩都不识字，但小男孩知道信很重要，收不到信的人一定很着急，就把信收好，打算交给阿爸，让他设法找到收信人。也许是老天爷要奖励他们的好心，他们很偶然地搭上了一辆救护车，很快到了康定。见到阿爸，将信重新交

在海拔5050米的雀儿山哑口风搅雪刮得人都难以行走　（周兵　摄）

到邮电局。那里的叔叔阿姨对小朋友赞不绝口。

这个小男孩，就是现在的总经理李显华。他对邮政有一种与生俱来的热爱。

从他们嘴里，我才知道康巴高原有多么威严。

四川省邮政的网络专家袁成东，从成都到康定出差，当晚因为高原反应而昏迷。这时只能往低海拔的地方走才有救。过不了二郎山，于是救护车顺大渡河到石棉，转雅安，再送成都，袁成东才保住了性命。

李显华参加工作时的副科长吕幸福，到德格出差时因为路上太冷，感冒引发肺水肿。他精神抖擞地出差，却是被铁丝固定在邮车上运回来。回到机关时，鞭炮伴着家属撕心裂肺的哭声，至今依然清晰在耳。

吕幸福去世后一个月，局里另一位科长赵新生，就在康定城外，因为暗冰，车子直接滑进了折多河。

王玉辉的同学邓剑，在泸定任公安局长，去德格办案，也是因为高原反应，被雀儿山夺命。

海拔2600米的康定，只是雪线邮路的起点。惊心动魄的往事，不由分说，像是要为其美多吉的故事刷上一层悲壮的底色。

4.

早晨五点三刻，我背着行囊离开酒店，前往斜对面的停车场。酒店门前结了冰，差点滑倒。街面被积雪覆盖得严严实实，印着第一辆早车的车辙，雪的反光把黎明的小城映照得如同白昼。

在停车场与邮车司机施建勋会合时，邮车已经挂好防滑链，他正在对车况做最后的检查。

施建勋也是甘孜州颇有名气的邮车司机，正当壮年。邮车上街，出城，车轮碾过冰雪，咔嚓咔嚓响。施建勋开车动作娴熟，甚至算得上潇洒。很自然地，我把他当作其美多吉的替身，或者说我在心中让他出演其美多吉，载我驶上雪线邮路。

折多山是前往甘孜的第一座险山。虽然起了个大早，但还是没有躲过堵车。因为我知道，包括折多山在内的几座险山，堵车是常态。那天，在山上一堵就是半天多时间。光是上山一段，他跑断了两根防滑链。

长时间堵车，长时间赶路，也是一次长时间的采访。

施建勋爷爷是上海人，民国时就来到打箭炉（康定的旧称），在邮政谋生。从他开始，施建勋算是"邮三代"了。

邮车是雪线上的一道风景。邮车上的施建勋也看够了风景。他多次历险，也多次救人，跟多吉一样帮人修车，在危险地段帮人开车。

意外的大雪，想象中的其美多吉邮车，让我真实地体验了雪线邮路。

5.

甘孜县是其美多吉主要的工作地。

感谢老局长生龙降措，他在双流和我见过两次，给我讲了其美多吉的故事，还讲了自己的故事，为我接下来的采访和写作很好地打底。其实，生龙降措本身也是一个无名英雄。其美多吉调到他手下，实现了开长途邮车的梦想，也有了一个现成的精神标杆。

公司现任老总益登灯真，父亲俄日加在老家四通达乡当马班邮路的乡邮员，曾经是第五、六两届全国人大代表，获得的荣誉证书装满了一个打满补丁的邮袋。益登灯真是俄日加的大儿子，从小就帮父亲遛骡子遛马，看着阿妈在灯下给阿爸补邮袋，做人做事都从父亲那里得到传承。在他的陪同下，我考察了甘孜县的飞机坝、民俗博物馆和甘孜寺，看望了冲多吉的遗孀普洛。生龙降措和益登灯真都关照普洛，给她安排了管理驾押室的工作，收入不可能太高，但是生活无虞。她的家窗明几净，一如冲多吉生前。

期间，我与易晓勇、登真扎巴、林鹏和亚他彭措一干邮车兄弟相识，他们各有各的故事，也丰富了我对其美多吉的认知。

6.

坐邮车到德格。

因为原先的孤陋寡闻，我在德格的采访就成为我在康巴高原的最大收获。神奇的南派藏医，"藏文化的百科全书"德格印经院，尤其是弥漫在这片土地上的格萨尔的气息，让我找到了其美多吉精神最初的源头。

见到格萨尔说唱艺人阿尼也是我的幸运。作为国家级"非遗"传承人的阿尼，他本来很多时候都是不在家的。在一个汉人看来，这种"神授艺人"太过神奇。但是在康巴大地，乃至更广袤的青藏高原，在一个作家视角里，任何神奇似乎都变得合理，因为脚下的土地就是那么非同凡响。

其美多吉的老家龚垭，距县城不远，交通方便，是德格的富裕之地。在古代，这里曾经属于格萨尔同父异母的哥哥嘉察协葛。多吉家背后的山脊上，几处嘉察城堡的墙基遗址，也许是格萨尔时代遗存的仅有的几处建筑遗迹之一。其美多吉父亲博学多识，他亲自讲的格萨尔王故事，是其美多吉最深刻的童年记忆。格萨尔王的故事，是藏地的父亲们给孩子们启蒙教育的经典。不仅其美多吉兄弟，德格走出去的歌手亚东，也给我讲到了父亲嘴里的格萨尔传奇对他们人格形成之重大意义。

从德格看出去，其美多吉的英雄情结，他的利他主义，他的悲悯情怀，他的坚韧不拔，其实就来自这片土地，就像这里长出的植物一样真实，自然而然。

这些，与人民邮政的宗旨相融合，就完成了对其美多吉精神的塑造。

7.

6月初，在作品写到一半的时候，我终于有机会和其美多吉一起再去康巴高原。

行车的路线和上一次一样。我们在康定短暂停留，因为多吉要给阿妈和妻子买礼物。

康定的"溜溜城"是具有民族特色的购物街。街道很长，商铺一路排开，商品琳琅满目。多吉轻车熟路，直奔熟悉的地方，熟悉的店铺。

那是一个规模不大不小的藏装专营店，叫"康巴服饰"。

多吉在这里为阿妈买了绛褐色的藏袍，为曲西买了颜色稍浅、带条纹的筒裙。在这里，我发现多吉其实是一个内心细如发丝的人。他买衣服，首先在同类货品里比较，然后拿出来，在不同角度，细看款式、颜色、质地和手感，还要走到门口，到阳光下端详——他是生怕看走眼，出现较大色差。

只有对母亲、对妻子爱到深处的男人，才可能这么周到和细致。

在龚垭老家，我亲身感受了多吉一家的温馨、热闹和幸福。家庭核心当然是多吉的母亲其美拉姆。四世同堂、儿孙绕膝、返老还童、童颜鹤发之类成语，正是她的写照。

这个人口众多的大家庭，老母亲是领袖，但是灵魂人物毫无疑问是其美多吉。虽然弟弟妹妹们都分别成家立业，但多吉在他们面前仍然有绝对的威信。

长兄如父，公正无私，施仁布泽。这是其美多吉当好大哥的"秘笈"。

这次回家，多吉的二儿子扎呷随行。在龚垭短暂的停留，虽然繁多的事务压身，但扎呷还是找了空档，一个人去了哥哥的墓地。回龚垭，看哥哥是他的必修课。

从其美多吉可以知道呷多为人，从扎呷可以预知家风的传承。

其美多吉，被家庭所塑造，也深刻影响着一个庞大的家庭。

遗憾的是，在龚垭多吉被单位紧急召唤，我们不得不中

邮车行驶在雪域高原的茫茫冰雪路上　（周兵　摄）

途折返。原计划中的阿须草原、竹庆镇没有来得及考察，还有若干采访对象尚未见面。我曾经和多吉商定，要拜谒灵堂里的呷多老师，但是因为时间过于短暂，只得失礼作罢了。

不过，第二次走进康巴高原，还是算得上满载而归——书稿中接近一半章节的基本素材，都来自这次采访。

8.

于我而言，《雀儿山高度》的写作是有难度的。但是因为有中宣部、中国作协、四川省委宣传部和中国邮政集团公司及其四川省、甘孜州各级分公司的支持，我还是顺利地完成了任务。

中国作家协会创研部副主任李朝全、评论家李壮对我的写作始终关心，随时提供需要的支持；

中国邮政集团公司领导对本书的推出高度重视、大力支持，集团办公厅参与了本书创作、出版的策划，尤其是宣传工作处做了大量的具体工作并提供了重要的素材；

四川省委宣传部宣教处处长王军、副处长张奎、文艺处处长黄怡、副处长张帧军、绵阳市委宣传部副部长温芬、德格县委宣传部副部长张学良，对我的创作提供了有力的支持；

四川省邮政公司党建部主任刘庆星、新闻宣传中心陈文毅、程伟二位主任、甘孜州邮政分公司总经理李显华、甘孜县邮政分公司总经理益登灯真，对我的采访和写作提供了非常重要的帮助；德格县原邮政局长周富荣、德格县藏医院副院长伍金丹增，绵阳邮政分公司总经理黄全明，他们也对我的创作给予了热情的支持；

四川省作家协会主席阿来、书记侯志明以及罗勇、童剑等先生对本书的写作也有相当的助力；

人民文学出版社的编辑脚印及其工作团队一如既往地对我给予信任和厚爱，使作品得以顺利出版。

在此，一并致谢。

9.

特别感谢：

其美多吉及其夫人泽仁曲西、儿子扎西泽翁、儿媳妇单珍拉姆、弟弟泽仁多吉对采访的全力配合，以及对我个人的充分理解和尊重。